Gilbert Gatore

Das lärmende Schweigen

Bibliographische Information der Deutschen Nationalbibliothek:
Die Deutsche Nationalbibliothek verzeichnet diese Publikation in der Deutschen Nationalbibliographie; detaillierte bibliographische Daten sind im Internet abrufbar: http://dnb.d-nb.de.

Titel der französischsprachigen Originalausgabe: »Le Passé devant soi«
Für die Originalausgabe

Die Übersetzung aus dem Französischen wurde durch litprom – Gesellschaft zur Förderung der Literatur aus Afrika, Asien und Lateinamerika e. V. mit Mitteln des Auswärtigen Amtes unterstützt.

Umschlag: Till Kaposty-Bliss, Berlin
Satz: Katrin Kassel, Berlin
Druck: Clausen & Bosse, Leck

E-Mail: info@horlemann-verlag.de
Internet: www.horlemann.info
ISBN: 978-3-89502-372-9

Gilbert Gatore

Das lärmende Schweigen

Figuren des unmöglichen Lebens, Bd. I

Aus dem Französischen von Katja Meintel

Die Afrika-Reihe im Horlemann Verlag
wird von Dr. Manfred Loimeier herausgegeben.

HORLEMANN

Meinen Eltern,
Für Pierre und Maddy Le Bas,

Danke.

»Ich habe ein Gebot übertreten,
und der Schuldige kann nicht gelangweilt sein.«
J. M. Coetzee: Im Herzen des Landes

Was aber ist zu tun, wenn es
ohne jeden Zweifel zu spät ist?

1. »Lieber Unbekannter, willkommen in dieser Erzählung. Ich muss Dich warnen: Wenn Du, bevor Du einen Fuß vor den anderen setzt, durchaus den ungewissen Pfad erkennen musst, der Tatsachen und Fabel, Erinnerung und Fantasie trennt, wenn Dir Logik und Sinn ein und dasselbe scheinen und wenn Du, um Interesse zu zeigen, die Dinge vorhersehen musst, dann wird Dir diese Reise womöglich unerträglich.«

***

Unser Blick fällt auf sie, die unbeweglich und konzentriert dasitzt. Weil wir das Geheimnis, das in ihr schwelt, nicht kennen, zügeln wir nicht unsere spöttischen Gedanken. Sie sieht aus wie ein riesiger Vogel, einer von denen, die tagelang auf einem Bein das Gleichgewicht halten. Wir wagen nicht, über dieses Bild zu lachen. Unsere Anwesenheit muss unauffällig, unsichtbar bleiben.
Das seidige Dunkel, angefochten vom Lichtstreifen des Fensters, erlaubt uns nur, ihre Silhouette und ihr Profil klar zu erkennen.
Ihr Schweigen gebietet uns, bei ihr zu bleiben, und wir wissen, dass es nicht der Moment ist, ihr irgendetwas abzu-

schlagen. Also bleiben wir, genauso erstarrt und versunken. In der einkehrenden Stille scheinen sich ihr und unser Geist zu begegnen. Nichts erstaunt uns an dem, was wir an ihr entdecken werden (wie denn auch? wir weichen der Frage aus).

Sie erinnert sich an die ersten Worte einer Erzählung, von der sie, als sie sie begann, nicht wusste, wie weit diese sie fortreißen würde. »Lieber Unbekannter, willkommen in dieser Erzählung, an deren Ende Du der einzige Überlebende sein wirst«, hatte sie als Erstes auf der Ecke eines Blattes vermerkt. Und dann gezögert. Der Einstieg war zu brutal. »Der Gewalt der Taten nicht die Gewalt der Worte folgen lassen«, war ihr wieder eingefallen. Schließlich hatte sie sich für eine viel zu indirekte Warnung entschieden, die ihr nicht reichte. Auch heute noch hat sie sich nicht mit ihr abgefunden, aber die Idee akzeptiert, den Text sich selbst zu überlassen.

Sie hat vor ein paar Tagen angefangen zu schreiben, an dem Abend, als sie sich aus einem ganz anderen Grund hier eingeschlossen hat. Urplötzlich drängelten sich die Worte durch ihren Arm vor und verlangten, unverzüglich in dem kleinen Heft, das vor ihr lag, Ruhe zu finden. Noch immer spürt sie in ihren Adern den Weg dieses brutalen und ätzenden Ansturms. Bevor sie ans Schreiben gegangen war, hatte sie ihren Bleistift stundenlang umklammert wie den Knauf eines riesigen Schrankes, in dem so vieles so lange in wildem Durcheinander aufgetürmt war, dass sie ihn nicht würde öffnen können, ohne dass alles zusammenstürzte und sie erschlug. Vor Müdigkeit hatte sie den Knauf schließlich losgelassen. Die überall im Zimmer verstreuten Blätter sind die Folge dieser Entladung.

Heute schreibt sie nicht. Sie hat sich der Wörter und der Gedanken, die sie sagen, entleert, wie man verblutet.
Jetzt, da sie sich selbst unnütz geworden ist, erinnert sie sich. So wie der neue Kommandeur sein Regiment aufmarschieren lässt, um seine Autorität zu festigen, inspiziert sie ihre Erinnerungen, eine nach der anderen. Unter ihrer Gleichgültigkeit sitzt die Angst. Sie fürchtet, besiegt zu werden. Aber dieses Gefühl ist nur ein unnützer Reflex, denn letztlich liegt es nicht mehr in ihrer Macht, vorwärtszugehen oder zurückzuweichen. Sie wurde hochgeworfen und wird zerschellen. Sie ist nur noch die Illustration eines Gesetzes, dessen notwendige Beobachter wir sind.
Aufrecht sitzt sie, starr wie ein Bild, auf ihrem Hocker und stellt sich vor, sie werde, wenn sie nur lange genug nachdenkt, sich nur richtig anstrengt, zuletzt doch etwas verstehen. In ihrer Vorstellung wandert sie durch Bilder, die sie sich in eine klare Ordnung zu bringen bemüht und gegen die sie sich ein für alle Mal durchzusetzen hofft. Bei diesem Gedanken kann sie nicht anders, sie fragt sich, ob nicht eher sie es ist, die von den Erinnerungen inspiziert, gemustert, unterworfen wird, als umgekehrt.

EINS

2. Heute ebenso wie gestern und vorgestern kriechen Uwitonze, Uwera und Shema bei Einbruch der Nacht aus ihren Löchern, um gemeinsam und schweigend zu wachen. Vom Eingang der Höhle aus beobachtet sie Niko, der selbst wiederum unter der Aufsicht der Affen steht. Laut einer Regel, die niemand zu rechtfertigen sucht, müssen die Steinhaufen, unter denen die drei leben, für Häuser gehalten werden. Vor allem darf man nicht an die Hügel denken, die die frischen Gräber markieren. Man muss das Ganze als ein Dorf betrachten, dessen Name, Iwacu, in Nikos Geist und nirgends sonst besteht.

3. Niko hat gesehen, wie die drei anderen, die außer den Affen hier leben, angekommen sind, einer nach dem anderen. Uwitonze kam als Erster, gefolgt von Uwera. Shema als Letzter.

4. Die Höhle befindet sich oben am Hügel, der zugleich eine Insel ist. Diese liegt mitten in einem See, dessen ganzen Umfang man vom Gipfel aus sehen kann.

5. Würde ein Fremder in Iwacu auftauchen, so käme er nicht umhin, sich ein paar unnütze Fragen zu stellen. Er würde darüber nachdenken, ob ein Haufen Steine nur dadurch, dass er einen Menschen beherbergt, zu einem Haus wird. Er würde nicht verstehen, warum die drei immerzu

stumm bleiben und sich in ihren Unterschlüpfen verkriechen, solange die Sonne noch nicht hinter dem Horizont verschwunden ist. Er wäre erstaunt, dass es auf der Insel keine Spuren eines Weges oder eines Hafens gibt, so als stände es außer Frage herzukommen oder wegzugehen. Überrascht würde der Eindringling bemerken, dass man, um in die drei Erdanhäufungen zu gelangen, mit den Füßen voranrutschen muss wie eine rückwärts kriechende Schlange. Zuletzt würde der Störenfried sich vorstellen, dass Uwitonze, Uwera und Shema auf der Flucht sind. Und dass die Häuser von Iwacu wie Gräber aussehen, damit sie, so seine Vermutung, keine Aufmerksamkeit erregen. Weshalb auch nie ein Feuer brennt. Und die drei Bewohner auf einem Schweigen, einer Gleichgültigkeit und einer Magerkeit beharren, die aus ihnen lebende Abstraktionen machen. Stolz auf seine Analyse würde sich der Fremde ohne jede Vorwarnung davonmachen, wie er gekommen ist.

6. »Lieber Neugieriger, wenn Du es genauso eilig hast wie dieser Fremde, kannst Du Dich ihm jetzt anschließen und Dich ebenfalls davonmachen. Es ist der beste Moment dazu, denn nach diesen Zeilen wird es Dir nicht mehr möglich sein, so leicht fortzugehen, wie Du es jetzt noch kannst.«

7. Die Höhle birgt die Quelle eines äußerst begehrten heißen Wassers. Niemand hat sie je gesehen, denn es ist untersagt, sie zu betreten. Tatsächlich ist es sogar verboten, sich ihr auch nur zu nähern, da man sonst, so wird versichert, vom Atem der Höhle erfasst und verschluckt wird. Das Wasser sammelt sich in einem Becken, das sich weiter unten am Hang des Hügels gebildet hat. Mit ihm lässt sich alles Mögliche kurieren, sogar die Gutgläubigkeit. Das jedenfalls behaupten seit jeher die sichersten Quellen.

8. Auch die angesehensten Heiler und die ältesten Erzählungen wissen um die Gefährlichkeit der Höhle und um die Wirksamkeit ihres Wassers.
9. Außer dem Wasser gibt es am Eingang der Höhle, dort, wo das Tageslicht vor der Dunkelheit zurückzuweichen beginnt, einen Fußabdruck so lang wie der Schritt eines erwachsenen Mannes. Auch hierüber berichten die Erzählungen am besten, denn eigentlich dürfte niemand der Höhle nah genug gekommen sein, um die Spur zu sehen. Der Abdruck, so wollen es die Erzählungen, ist der eines Königs aus einer Zeit, als Gott noch im Schoße der Affen wohnte. Seine Kraft und Größe hatten ihm alles verschafft, was die Geburt ihm versagt hatte. Der Legende zufolge kam er bei einem Besuch seiner Ländereien an der Insel vorüber. Und um sein Eigentum zu markieren, stampfte er mit seinem mächtigen Fuß an einem geschützten Ort auf die Erde, damit der Regen den Abdruck nicht verwischte. Seit jenem Tag kommen die Knaben in der Nacht, da sie Männer werden, hierher und bitten den Abdruck um die Kraft und den Mut, ihrem Leben den Stempel aufzudrücken, so wie es der Riesenkönig mit der Erde getan hat. Diese Nacht ist der einzige Moment, in dem es erlaubt ist, auf der Insel anzulegen, ihren Gipfel zu besteigen, sich der Höhle zu nähern und ein wenig von ihrem wundersamen Wasser zu schöpfen.
10. Aus diesem Grund ist die Insel der einzige Ort, wo der Boden seine Farbe behielt, als über das ganze restliche Land das Blut vergossen wurde. Ein sicherer Ort, muss Niko gedacht haben, als er sich hier niederließ.
11. Niko glaubt nicht an die Legende vom Riesenkönig. Seine Erfahrung und seine Fantasie haben eine ganz andere Geschichte daraus erschaffen. An jenem Tag, als er selbst

ein Mann wurde und vor dem Abdruck das rituelle Gebet sprechen sollte, missachtete er die Ratschläge, die man ihm gegeben hatte. Er hat die Höhle betreten. Obwohl man ihm eingeschärft hatte, er dürfe sie unter keinem Vorwand ansehen oder ihr zu nahe kommen. Es bestand, so versicherte man ihm, das Risiko, aufgesogen zu werden und für immer zu verschwinden. Das war im Übrigen, wie Gaspard hinzufügte, kein Risiko, sondern eine Gewissheit, denn in diesem Punkt waren alle bekannten Erzählungen unerbittlich: All jene, die zu viel Neugier oder Wagemut gezeigt hatten, waren nie zurückgekehrt.

12. Trotz aller Warnungen konnte Niko der Lust nicht widerstehen, ein paar Schritte ins Innere der Höhle zu tun. Er wäre sonst vor Neugier und Bedauern umgekommen. In jener Nacht war er im Licht der Fackel, die man für ihn angefertigt hatte, um Tiere und Dämonen vertreiben zu können, durch die Dunkelheit gegangen, mit angehaltenem Atem, voller Angst. Kaum dass er einige Schritte getan hatte, sah er vor sich einen fliehenden Schatten. Diese Erscheinung war die Gelegenheit, seine bis jetzt im Zaum gehaltene Angst beim Rennen abzuschütteln. Der Höhlenraum fing das Geräusch seiner Schritte auf, und vervielfältigt ließ es ihn noch schneller rennen und schwitzen wie nie zuvor. Draußen bemerkte er, dass er die Fackel hatte fallen lassen, aber er wagte nicht, in die Höhle zurückzugehen und sie zu suchen. Bei seiner Rückkehr ins Dorf gab er zu verstehen, dass er sie nach einem bedrohlichen Tier habe werfen müssen.

13. Ist es vorstellbar, dass es zwischen den Zufällen, die ein Leben bilden, eine Verbindung gibt, einen geheimen Hauch, der sein tastendes Suchen lenkt? Ist es möglich, dass das Le-

ben einen Sinn hat, dem jeder bloß folgt? Warum hat ausgerechnet Niko, der später in dieser Höhle Zuflucht finden sollte, dem Verbot getrotzt, sie zu betreten?

14. Niko sprach mit niemandem über sein Abenteuer. Was er getan hatte, war eine Entweihung, und wenn er mit seinem Wagemut auch noch geprahlt hätte, wäre er streng bestraft worden. Aber in seinen geheimen Gedanken setzte sich seine Erfahrung in der Höhle fort. Was mochte dieses Wesen, das da vor ihm davongelaufen war, bloß sein? Ein Gespenst oder ein Ungeheuer war es nicht, denn es hatte nicht einmal Nikos Größe. Da war er sich sicher. Vielleicht hatte er sich nur über eine Katze oder eine Ratte erschreckt. Diese Annahme führte ihn zurück zu seinem panischen Gerenne zum Höhlenausgang, das ihm damals furchtbar lächerlich vorkam. Ist er in die Höhle zurückgekehrt, um diese Scham auszutreiben?

15. Niko erinnert sich auch an das Echo seiner Schritte, das den Eindruck eines grenzenlosen Hohlraums erweckte. Ein Echo, dessen endlos dumpfes Vibrieren noch Jahre später in seinem Kopf nachhallt. Ist er in die Höhle zurückgekehrt, um dieses quälende Vibrieren zu bezwingen?

16. In jener Nacht entwürdigender Angst war er zu schnell aus der Höhle gerannt, als dass er darauf hätte achten können, wie sie aussah. Dem Echo nach musste es ein gewaltiger Hohlraum sein, und seine Fantasie hatte ein Übriges getan. Erst stellte er sie sich als den Eingang zu einem unbekannten unterirdischen Dorf vor, zu dem Hügel und Insel nur das Dach bildeten. Doch bald schon hielt er diese Hypothese für allzu primitiv, und er zog den Gedanken vor, dass die Höhle nur der Anfang eines Weges war, über den man zum Herzen der Erde reisen konnte, wobei diese

in Wirklichkeit nur eine unendliche Übereinanderschichtung von Welten war. Ein geheimer Durchgang. Die Höhle musste weit hinabreichen und über den Wolken einer anderen Welt enden. Auf die gleiche Weise traf seine Fantasie, wenn sie sich über die Wolken erhob, irgendwann auf eine Kuppel, die nichts anderes war als der Boden einer neuen Welt. Diese Idee gefiel Niko, und er konnte in diesen neuen Welten alle Einfälle seiner Fantasie ausleben. Dieses Anderswo, das in seinem Geist von Tag zu Tag an Dichte zunahm, wurde zuletzt so interessant, dass er den Großteil seiner Zeit darin verbrachte. Nichts ist angenehmer, als in einem Universum zu leben, das man selbst geschaffen hat, sagte er sich, wenn er schließlich wieder zu sich selbst zurückkehrte.

17. In der Welt, zu der Niko sich glücklich schätzte, den Eingang gefunden zu haben, gab es kein Licht. Das Leben darin äußerte sich in Vibrationen, welche drei unterschiedliche Zustände bestimmten: Ruhe, Aktivität und Meditation. Die Wesen, die hier lebten, hatten die Form von Blasen, die von einem Zustand zum anderen schwebten, in einer sich spontan ausbalancierenden Verteilung. Auf diese Art fühlte sich jeder zu jeder Zeit wohl.

Es gefiel Niko, sich für eine dieser Blasen zu halten. Nichts ist angenehmer, als eines der Elemente in einer Welt zu sein, die man selbst erfunden hat, sagte er sich oft. Hatte er sich dazu entschlossen, in dieser Höhle Schutz zu suchen, um vor jenen zu fliehen, denen seine Träumereien unheimlich waren, und um voll und ganz in seinem eigenen Kopf zu leben?

18. Wenn Niko die Spekulationen über seine Anwesenheit hier hören würde, wäre ihm das sicher peinlich. Vielleicht

würde er sogar wütend werden. Was denn, würde er denken, seht ihr nicht den wahren Grund meines Rückzugs? Muss ich mir die Brust aufreißen, damit ans Licht kommt, was mich bis hierher getrieben hat? Riecht ihr nicht den Geruch, der mich anklagt? Spürt ihr nicht den Schmerz, den ich atme? Um all dem Ausdruck zu verleihen, würde er auf seine ganz eigene Art lachen. Er würde lachen, ohne dass es sich auf seinem Gesicht spiegelte. Dieses innere Lachen würde von einem glanzlosen Blick begleitet.

19. Nikos Gesicht ist wohlproportioniert, ja sogar anmutig. Trotzdem, wenn er ein breites Lächeln aufsetzt, was seit Langem nicht vorgekommen ist, enthüllt er schmutzige, verkeilte, übergroße Zähne. Ein grässlicher Dämon bricht dann aus den harmonischen Zügen hervor. Niko weiß es. Deshalb verlässt sein Lächeln nicht mehr die heimliche Welt seiner Gedanken, diesen Hinterhof, in dem er die meiste Zeit verbringt.

20. Niko hatte oft gelächelt, bevor ihm klar wurde, welchen Schrecken es bei den Menschen auslöste.

21. War es dieses Lächeln, weswegen man ihn Niko-Affengesicht nannte?

22. An jenem Tag, als er die Notwendigkeit verspürte, in die Höhle zu gehen und dort zu leben, hatte Niko vor zwei Dingen Angst: dass man versuchen würde, ihn aufzuhalten, und dass jemand vor ihm dieselbe Idee gehabt und sich bereits dort niedergelassen haben könnte. Es gab für ihn keine Alternative, außer sich das Leben zu nehmen. Um sicherzugehen, dass niemand ihm gefolgt oder gar zuvorgekommen war, verbrachte er eine Weile auf einem Eukalyptusbaum, der den Abhang des Hügels und damit einen Großteil der Insel überblickte. Von diesem Baum aus konnte er den busch-

bewachsenen Aufstieg, über den er gekommen war, und den schmalen Sandstreifen, an dem er angelegt hatte, beobachten. Dahinter erstreckte sich das friedliche Wasser des Sees. Noch weiter hinten begann erneut das Grün, in dem er vergeblich nach einem bekannten Ort Ausschau hielt. Er überwachte auch den Eingang zur Höhle, vor allem des Nachts, wenn Licht, Geräusche und Rauch leichter zu erkennen waren. Als Niko nach ein paar Tagen weder vor noch hinter sich irgendein Lebenszeichen entdeckt hatte, beschloss er, vom Baum zu steigen und zu der Höhle hinüberzugehen.

23. Als er in jener unseligen Nacht zum ersten Mal hierhergekommen war, hatte er seine Fackel dicht über den Boden halten müssen, um zu erkennen, wohin er den Fuß setzen konnte. Sobald er über die Schwelle der Höhle getreten war, hatte die Dunkelheit sich komplett verdichtet. Er glich einem Geist, der durch schwarzes Wasser treibt. Alles tauchte im letzten Moment auf, um ihn zu erschrecken. Seine Sicht reichte nicht weiter als seine ausgestreckten Hände, mit denen er die Finsternis abzutasten suchte, die sich um den hellen Strahlenkranz ausbreitete, in dem er sich bewegte.

24. Dieses Mal hat Niko den Tagesanbruch abgewartet. Im Grunde ändert das nichts, da ihn das Licht verlässt, sobald er die Höhle betritt, aber er fühlt sich sicherer. Da er weiß, was ihn erwartet, hat er nicht vergessen, eine Fackel mitzunehmen.

25. Seit jenem Tag, an den er nicht denken darf, wenn er keine furchtbare Scham empfinden will, verzichtet er auf die unterschiedlichen Ausdrucksformen, die ein menschliches Gesicht normalerweise mit Leben erfüllen. Nach und nach hat er sie durch einen einzigen Ausdruck ersetzt, den er nunmehr wie eine Maske trägt. Und wer nicht besonders

darauf achtet, würde seinen Kopf auch wirklich für eine Maske halten.

26. Was hat Niko nur dazu bringen können, sein Gesicht in einer so mysteriösen Verzerrung erstarren zu lassen? Hat derselbe Grund ihn in diese Höhle zurückkehren lassen?

27. Die Maske, die Niko anstelle eines Gesichtes trägt, wirkt wie aus Hartholz geschnitzt und wie von einer ziemlich gleichmäßigen, bräunlichen Patina überzogen. Darüber befindet sich eine Matte aus Raphiafasern, die wohl das Haar darstellen soll. Unter der glatten Stirn sind zwei Augen gezeichnet, groß und schwarz. Man ahnt, dass sie einst einen Diamanten gefasst haben müssen. Zwischen diesen Augen erhebt sich eine lange Nase mit schmalen Nasenlöchern. Die Wangengruben der Maske unterstreichen die hervorstehenden Backenknochen, jeder wird von zwei aufliegenden Strichen geziert, die an Narbenschmuck erinnern. Schließlich zeigt die Skulptur noch einen rautenförmigen Mund, dessen volle Lippen von feinen Einstichen umrahmt werden, welche einen Bart andeuten. Diese Maske ist Nikos heutiges Gesicht. Sein übriger Körper ist in einen gräulichen, dicken Umhang gehüllt, aus dem zwei ausgedörrte, dünne Beine ragen, die in großen, nackten Füßen enden.

28. Im Augenblick besteht der deutlichste Unterschied zwischen Nikos Gesicht und einer Maske in Hunger, Müdigkeit und Schuld, welche ein bloßes Stück Holz nicht mit solcher Inbrunst bestürmen können.

29. Nach seiner Wache im Baumwipfel hat er sich vergewissert, dass die Höhle leer ist, indem er vor dem Eingang die Ohren gespitzt hat, reglos und länger, als es der abgehärtetste Jäger ausgehalten hätte. Er hat nichts gehört und gesehen als Insekten, Wasser, Fledermäuse und kleine Tiere,

wohl Ratten oder Wildkatzen oder beides. Aber da sich sein Geist mit dem Offensichtlichen nicht zufriedengibt, hat Niko zu denken beschlossen, es müsse darin auch ein Ungeheuer geben, das bei seinem Näherkommen geflohen ist. Wenn es stimmt, was die Legenden behaupten, nämlich dass Ungeheuer die unsichtbaren Dinge spüren, dann hat Niko ihm natürlich Angst gemacht ... Wie immer dauert es nicht lange, bis Niko seine erste Mutmaßung zu einfach findet. Und tatsächlich, als er mit ganzer Aufmerksamkeit in die Höhle hineinlauscht, verspürt er ein Hauchen. Ein ebenso leichtes wie regelmäßiges Atmen. Und wenn diese Insel mit ihrem Hügel lediglich die aufragende Nase eines im See untergegangenen Riesen war? Hatte der Aufprall seines Kopfes auf dem Grund des Wassers ihn vielleicht niedergestreckt, ohne ihn zu töten? Und wenn die beiden Vulkane in der Ferne in Wahrheit die Füße eben dieses Riesen waren? Und konnten jene Hügelketten, die sich zu beiden Seiten des Sees erheben, nicht die Arme des Kolosses sein? Der Kopf, so stellte er sich, um sein Bild zu vollenden, vor, musste beim Aufprall gespalten worden sein und sich im See aufgelöst haben, wobei nur dieses eine Nasenloch zurückgeblieben war, das stur weiteratmete. Dieses Nasenloch war die Höhle, in der er nun Zuflucht finden würde.

30. Wie kommt man darauf sich einzubilden, ein Hügel mit Höhle, die im See eine Insel bilden, seien wahrhaftig die Überreste eines halb aufgelösten, aber noch immer lebendigen Riesen? Solche Ideen kommen Niko genauso natürlich in den Sinn, wie es manchen zu glauben einfällt, zwei und zwei machten vier.

31. Ist Niko wirklich zufrieden, nachdem er sich vergewissert hat, dass er allein ist? Würde er nicht gern dem Unge-

heuer, dessen Anwesenheit man ihm stets versichert hat, begegnen, um verschlungen zu werden und endlich den Hunger, die Müdigkeit und vor allem den Ekel, die ihn quälen, loszuwerden?

***

Das Zimmer ist dunkel, aber trotzdem gemütlich; eine eigenartige Mischung aus Wohn- und Arbeitsraum. Sie bleibt bewegungslos sitzen, und es braucht besondere Aufmerksamkeit, um sicher zu sein, dass sie keine Schaufensterpuppe ist. Inmitten einer Fülle von Papieren sitzt sie da, ein Heft und einen Bleistift in der Hand, aber sie schreibt nicht. Sie blickt aus dem schmalen Fenster.

Methodisch beginnt sie, sich den Anfang von allem in Erinnerung zu rufen. Manchmal verliert sie den Faden. Sie weiß nicht mehr, was sie hierher geführt hat. Sie sagt sich sogar oft, dass es ein Fehler war, eine »Riesendummheit«, ein Ausdruck, den der Andere ihr eines Tages an den Kopf geworfen hat. Der Andere, das ist der, der einmal wichtig gewesen ist, aber heute am Boden zerstört wäre, wenn er begreifen würde, in welchem Ausmaß er in ihrem Leben jede Bedeutung verloren hat. Doch der Zweifel, das gesteht sie sich in ihrem inneren Dialog ein, ist immer nur vorübergehend. Sie weiß, dass ihr Herkommen kein Fehler gewesen sein kann. Der Fehler existiert nur, wenn man mehrere Optionen hat. Sie ist nicht sicher, die Wahl gehabt zu haben.

Sie erinnert sich an jenen Morgen, als, das ist ihr jetzt klar, alles angefangen hat. Jener Morgen ist in einem Winkel ihres Kopfes versteinert. Hin und wieder holt sie ihn gern hervor, so wie man ein altes Kleidungsstück ausbreitet, um

es auszulüften und zu prüfen, wie verschlissen und aus der Mode gekommen es ist. Beinahe gleichgültig lässt sie ihn so präzise wie möglich noch einmal ablaufen.
Es ist ein normaler Morgen. Sie wird von einem schrillen Klingeln geweckt. Sieben Uhr. Nach ein paar Minuten steht sie langsam auf. Sie macht ihren Wasserkocher und eine Zigarette an. Sie nimmt eine Dusche. Nach einem stumpfsinnigen Moment vor ihrem Schrank zieht sie sich an. Sie isst Getreideflocken. Sie trinkt Tee. Sie packt ihre Sachen für den Unterricht zusammen und macht sich auf den Weg, um den Zug acht Uhr zehn zu erwischen. Bevor sie geht, so will es der normale Tagesablauf, schminkt sie sich, während die Studentenbude sich durch die geöffneten Fenster mit der Frische von draußen füllt, und schaltet den Radiowecker aus, dessen Geräuschkulisse sie seit sieben Uhr begleitet. Für gewöhnlich dringt nichts aus dem Fluss an Nachrichten, Wetterbericht, Werbung und Liedern bis zu ihrem umnebelten Bewusstsein. Genauso wie das Gähnen, das Wasser der Dusche und auch der Tee ist das Radio lediglich ein Mittel, ihre dösenden Sinne zu stimulieren.
In ihrer Erinnerung ist sie an jenem Morgen allein. Der Andere hat ihr nicht abverlangt, die Nacht mit ihm zu verbringen. Bevor sie nach ihrer Schultasche greift, schaut sie nach, ob sie wirklich alles dabeihat. Fast hätte sie die Unterlagen zu dem Referat vergessen, das sie für das Seminar Strategisches Marketing vorbereitet hat. Zum Glück kontrolliert sie immer alles, bevor sie aus dem Haus geht. Wie kann es sein, dass sich eine unbeabsichtigte Bewegung in diesen automatisierten Ablauf schleicht?
In dem Augenblick, als sie im Weggehen das Radio ausschalten will, stellt sie die Lautstärke, die sie eigentlich bis

zum Endklick herunterdrehen wollte, hoch. So unglaublich es scheinen mag, die Tatsache, dass sie das Radio lauter gestellt statt ausgeschaltet hat, erklärt, warum sie heute hier ist. Diese Handbewegung hat alles andere ausgelöst.
Präzise erinnert sie sich an die Brutalität, mit der der Ton hervorgebrochen ist. Sie fragt sich, ob es möglich ist, dass ihr dieser Ton seit jenem Tag, den sie in Gedanken bereist, nie aus dem Ohr gegangen ist. Wohin geht der eben gehörte Ton? Wohin gehen die Worte, nachdem man sie gehört hat?
An jenem Morgen brüllte das Radio ihr zu, dass in einem Land, dessen bloße Erwähnung sie vor Angst erstarren ließ, die Zahl der Inhaftierten so hoch war, dass es beim aktuellen Tempo der Verurteilungen zwei oder drei Jahrhunderte brauchen würde, um den Fall jedes einzelnen Häftlings zu untersuchen. Der Journalist, leiser jetzt, weil sie die Lautstärke heruntergedreht hatte, nannte den Prozentsatz der Verhafteten im Verhältnis zur Gesamtbevölkerung des Landes. Es ging um ihr Geburtsland.
Lange starrte sie auf den kleinen Radiowecker, und ihr Blick schien auf einen Freund gerichtet, der sie auf die schändlichste Weise verraten hatte. Bis heute hatte sie es geschafft, sich vor dem einzigen Wort, das ihr unerträglich war, zu schützen, wann immer es ausgesprochen wurde: dem Namen jenes Landes, in dem sie geboren war, und sie begriff nicht, warum sie versagt hatte. Sie schaltete das Gerät endlich aus und ging, aber dieser Teil der Nachrichten, der sich eben auf sie gestürzt hatte wie ein Verbrecher auf sein Opfer, ließ sie nicht mehr los.
Als sie zum Bahnhof ging, schien es ihr schwerer zu fallen als sonst, sich zu beeilen, um ihren Zug und ihre erste Vorlesung nicht zu versäumen.

Mit dem Abstand scheint es ihr klar, dass sie in jenem Moment, als sie mit schleppenden Schritten zur Uni ging, bereits bei etwas anderem war, anderswo. Sie ging nur noch hin, um einer Gewohnheit oder etwas, das sie noch als Pflicht betrachtete, nachzukommen. Ein Teil ihrer selbst folgte ihr nicht mehr.
Obwohl sie sich nicht so beeilte wie sonst, kam sie ein paar Minuten zu früh an.
In der Eingangshalle war eine Studentenmenge, wimmelnd und sirrend wie ein Ameisenhaufen, dessen Bewohner vergrößert und dessen Ton verstärkt waren. Die einen drängelten sich vor den Bildschirmen, die anzeigten, in welchem Hörsaal die Kurse stattfinden würden, die anderen standen vor den Getränkeautomaten an, die meisten schwatzten und rauchten.
Sie freut sich, als sie feststellt, dass ihr diese Welt, die sich wahrscheinlich kein bisschen verändert hat, vollkommen fremd geworden ist. Bloß im Traum kehrt sie zurück, gesellt sich zu einer der Gruppen, die in der Eingangshalle zusammenstehen, und hört sich selbst die Frage stellen, die sie nach der obligatorischen Runde Begrüßungsküsse ausgesprochen hat.
»Habt ihr heute Morgen die Nachrichten gehört?«
Niemand ging auf ihre Bemerkung ein, also hakte sie nach: »Habt ihr von dieser unglaublichen Sache mit den Gefängnissen gehört?«
»Ach ja, du meinst, wo sie sich vor ein paar Jahren massakriert haben? Was willst du, bei solchen Gräueln gibt es notgedrungen viele Schuldige und damit auch viele Gefangene. Das ist normal.«
»Was willst du ... «

»Das ist schrecklich, aber was soll's ...«, setzte eine Stimme mitfühlend nach, hob beide Hände und ließ sie auf die Schenkel fallen, wie um das Thema abzuschließen.
Ein kurzes Schweigen folgte diesem Einwurf, den alle überhörten außer ihr. Er fiel in ihren Kopf, sperrig und schmerzhaft wie ein im Bauch liegender Ziegelstein. Ihre Gehirnsäfte taten ihr Möglichstes, ihn zu zersetzen, aber vergeblich.
Als sie aus ihrer Tagträumerei zurückkehrte, war die Unterhaltung schon wieder im Gange. Alles, was sie davon mitbekam, verursachte ihr Ekel. Eine Schwere, dieselbe wie die, die sie am Morgen davon abgehalten hatte, hinter dem Zug herzurennen, lähmte sie, ebenso wie der Schmerz in ihrem Kopf. Sie war nicht imstande, mit den anderen ins Seminar zu gehen, und schon gar nicht, ihr vorgesehenes Referat zu halten. Ohne irgendwem Bescheid zu sagen, ging sie daher hinaus, äußerlich unbekümmert, wenn man nicht gerade in ihr aufgelöstes Gesicht sah.
Sie schob ihren Studentenausweis in den Türöffner und ließ ihn darin stecken. Während sie zum Bahnhof ging, nahmen die Worte jenes Satzes in ihrem Kopf Gestalt an und schwangen wie auf dem Bildschirmschoner eines alten Computers hin und her: Das ist schrecklich, aber was soll's ... Hatten sie das gesagt, um sie zu verletzen? Wussten sie es, oder machten sie sich darüber lustig?
Ihr war nach Weinen zumute, aber sie nahm sich zusammen. Sie wollte nicht, dass ihr Gesicht aussah wie bei einem Ertrunkenen, den man aus dem Wasser zieht, so wie all die anderen Gesichter, die sie vor sich im Zug sah. Für den Fall, dass die Situation ihr entglitt, hatte sie eine Zeitung gekauft. Sie faltete sie vor sich auseinander und versenkte sich zu tief darin, als dass es nach Lesen ausgesehen

hätte. Ein interessiertes Gegenüber hätte gesehen, dass sie vor allem zu verbergen suchte, was heute Morgen so brutal die Absurdität und Feigheit ihres Alltags erhellt hatte. Als sie es nicht mehr aushielt, hatte sie schließlich zwei Tränen fließen lassen, dann vier, danach zählte sie nicht weiter.

Zu Hause hatte sie sich aufs Bett geworfen und die Augen geschlossen gehalten, so lange es ging. Auch geweint hatte sie, viel.

An diesem Morgen, den sie in allen Einzelheiten noch einmal abspult, war sie erst wütend auf sich selbst, weil sie die Begeisterung, welche sie immer getragen hatte, nicht mehr zu fassen bekam. Dann schlich etwas sich unmerklich in sie hinein. Sie fand Gefallen daran, sich verirrt, vernichtet, wieder eingefangen zu fühlen; und endlich einmal auch bewundernswert, da ihre Preisgabe keine Unterwerfung war, befriedigt darüber, die Maske fallen zu lassen, endlich nackt.

ZWEI

32. Die Höhle, die Niko entdeckt, hat fast keine Ähnlichkeit mit der, die er sich jahrelang vorgestellt hat. Wenn man hineingeht, wird der Gang allmählich breiter und mündet in einen ersten Hohlraum. Dort, das weiß er sofort, will er wohnen. Licht und Wind dringen manchmal schwach bis hierher, was die Dunkelheit und Feuchtigkeit abschwächt. Vom Höhleneingang aus ist der erhöhte Winkel, in dem er seine Schlafstatt befestigen will, nicht zu sehen. Sie aufzuhängen ist das einzige Mittel, sich vor den Tieren und Insekten zu schützen, mit denen er die Höhle wird teilen müssen, stellt er fest und freut sich, dass er etwas Schnur mitgenommen hat. Ja, es ist eine gute Idee, die Schlafstatt aufzuhängen: Ihr Schaukeln wird Fledermäuse, Ratten und Katzen fernhalten. Die Schaben, Spinnen und Ameisen werden ihn nur über den Befestigungspunkt erreichen können, den er sich vornimmt, ganz besonders im Auge zu behalten. An die Mücken und Fliegen wird er sich, falls es welche gibt, gewöhnen müssen. Im hinteren Teil dieses ersten Hohlraums beginnt ein Gang, der ihn zum Kriechen zwingt und in der Decke eines sehr großen, zweiten Raumes endet. Doch bevor Niko hinuntersteigen kann, muss er, um anschließend wieder hinaufzukommen, ein langes Seil flechten und gut festmachen. Also kehrt er nach drau-

ßen zurück, sammelt vertrocknete Rinden von Bananenstauden und feuchtet sie an, damit er sie, ohne sie zu zerbrechen, bearbeiten kann. Daraus fertigt er zwei lange Seile. Weiter unten an der Böschung findet er einen langen Bambushalm, den er auf den Boden schlägt, damit er geschmeidig wird. Wenn er diese drei Seile zusammenflicht, hat er alles Nötige beisammen, um in den zweiten Hohlraum hinabzusteigen. Der weich geklopfte Bambushalm sorgt für die Festigkeit, die Seile aus Bananenfasern erleichtern den Griff.

33. Niko fühlt sich nicht wohl an einem Ort, den er nicht vollständig ausgekundschaftet hat.

34. Als er hinuntersteigt, droht die Fackel bei jeder Bewegung, durch die Feuchtigkeit und den Mangel an Luft, zu verlöschen. Er begreift, dass er seine Erkundung nicht fortsetzen kann, und versucht, wieder hochzuklettern. Seine entkräfteten Arme tragen ihn nicht, und er fällt.

35. Er glaubt, dass er nur ganz kurz abwesend war. Eine Sekunde, die sich endlos dahinzieht, bis zur Unendlichkeit der Erinnerung, bis zur Ewigkeit des Traums.

36. Als Erstes hat er gespürt, dass ihm seine Arme nicht mehr gehören, dann, dass ihn sein ganzer Körper verlässt. Er erinnert sich daran, wie er losgelassen hat und bemerkte, dass er kopfüber auf dem Boden aufschlagen würde. Im nächsten Moment öffnet er die Augen, die über das, was sie eben gesehen haben, ganz verblüfft und besorgt sind, weil sie in der Dunkelheit, die sie empfängt, nichts erkennen können.

37. Er fragt sich gerade, ob er wirklich wach ist, als sich ihm ein Affe nähert. Er betrachtet die Silhouette des Tieres, die sich in der Dunkelheit abzeichnet, ein strenges Gesicht und eine riesige Hand erscheinen vor ihm, um ihn zu be-

gießen und zu schütteln, bevor sie in der Finsternis verschwinden und kurz darauf zurückkehren. Er sieht die Szene aus weiter Ferne, als ginge sie ihn nichts an, denn gleichzeitig versucht er, sich an den Traum von eben zu erinnern. Er betrachtet die Geschäftigkeit des Affen, wie man einen vorbeifliegenden Vogel am Himmel oder eine Ameise am Boden sieht, ohne wirklich auf sie zu achten. Er sieht ihn, ohne ihn anzusehen, so vertieft ist er in das, was er gesehen hat, als er vom Aufprall des Sturzes niedergestreckt wurde.
38. In diesem Traum spaziert Niko mit seinem Vater über die Insel. Eine strahlende Sonne begleitet sie, und die Geräusche des Waldes erwidern ihre gute Laune. Sie gehen durch einen Hain aus stattlichen Eukalyptusbäumen und Bananenstauden, die sich unter dem Gewicht schwerer Büschel herabbiegen, aus Akazien und durch ein Dickicht aus Farn, Hibiskus und Bambus; die Namen der anderen Pflanzen kennt er nicht. Es scheint keinerlei Tiere zu geben, außer ein paar Vögeln, die zu weit oben kreisen, als dass man ihre Schreie hören könnte. Es gibt auch keinen Wind, der durch die Blätter gerauscht hätte, die Stille ist vollkommen. Dennoch macht nichts ihnen Angst, und zunächst bemerken sie nicht, dass, während sie umherstreichen, der Wald ringsum sich verändert. Allmählich werden die Bäume höher und stehen in Säulenreihen, die auf den Punkt, an dem sie sich befinden, zulaufen. Zur selben Zeit werden die Wildgräser vom Boden aufgesogen, und die Vögel, die in der Ferne geflogen sind, kommen näher. Es sind Raben. Schließlich wird der Sonnenschein von den immer höheren und dichteren Bäumen verfinstert, und bald dringt rotes Licht dunkel und klebrig durch das Blätterdach. Von der Angst umklammert, sehen Niko und sein Vater wie erstarrt

zu, was geschieht. Die Bäume haben sich in menschliche Gestalten verwandelt und bilden jetzt eine Armee regloser, schweigender Riesen. Niko kann seine Angst nicht zurückhalten und schreit. Er will seinem Vater sagen, dass sie wegrennen müssen, aber statt einer Stimme schießen Flammen aus seinem Mund. Das Feuer erfasst als Erstes seinen Vater, der ihn, bevor er vom Rauch erstickt niederstürzt, fragt: »Warum, mein Sohn?« In Windeseile erreicht das Feuer die Riesengestalten, die wieder Bäume sind, und alles verbrennt, bis auf Niko ... Als das Feuer verlischt, sieht Niko, so weit das Auge reicht, nichts als eine verkohlte Ebene und einen trüben Himmel. Sogar der See ist ausgetrocknet. In diesem Moment setzt ein warmer Platzregen ein. Niko blickt zum Himmel hinauf und empfängt den Regen auf seinem Gesicht, dann sieht er, dass der Affe ihn anspuckt und schüttelt. Er weiß nicht, ob die Dunkelheit, die er sieht, den undurchdringlichen Nebel, den das Feuer zurückgelassen hat, fortsetzt oder ob er wach ist.

39. Es lässt sich unmöglich sagen, wie lange Niko in der Finsternis liegen geblieben ist, zuerst bewusstlos, dann fasziniert von der Erscheinung eines Affen, der aus dem Dunkel auftaucht und wieder darin verschwindet, und zuletzt völlig in Bann geschlagen von den vagen Erinnerungen an seinen Traum. Ganz allgemein ist es bei Niko nicht möglich, zeitliche Anhaltspunkte zu finden, unter anderem weil es ihm nicht wirklich wichtig ist.

40. Durch den Sturz und diesen Traum fällt Niko etwas ein. Eine verschwommene Erinnerung. Der Affe kommt zu ihm zurück. Noch einmal. Er spuckt ihm ins Gesicht, schüttelt ihn und geht wieder. Es ist Wasser, begreift er plötzlich. Der Affe holt es aus der Quelle und schüttet es beim Zu-

rückkommen über ihn, um ihn zu wecken. Mit diesem Gedanken kehrt Niko in die Welt zurück. Er sieht das Tier jetzt nicht mehr als abstrakte Präsenz, sondern als ein reales Wesen, das er von nun an mit präzisen Erinnerungen verbindet. »Affe«, murmelt er. »Wasser ... Höhle ... Seil ... Fackel ...«, fährt er fort und erinnert sich deutlich daran, wo er sich befindet, warum er hierher gekommen und wie er abgestürzt ist.

41. Er hat nicht die Kraft, vor dem Tier Angst zu haben. Seine verbleibenden Energien erfasst ein Schmerz, der an seine Schädeldecke hämmert, und ein zweiter, der ihm den Magen zerreißt. Diese Schmerzen bringen eine Erinnerung in ihm hoch, die, kaum wachgerufen, wieder verschwindet. Er muss bestimmte Gedanken meiden.

42. Er hört Schreie. Das Gedränge kommt näher, und plötzlich umringen Niko an die zwanzig Affen, große und kleine, und machen ihn zu ihrem Spielzeug. Er hat nicht die Zeit zu erschrecken, da erforscht schon eine Vielzahl neugieriger, lärmender Finger seine Nasenlöcher, wühlt in seinen Haaren, zupft an seiner Bauchdecke, kitzelt seine Füße, verdreht ihm das Geschlecht und stopft ihm Erde in die Ohren. Niko muss aufstehen, wenn er nicht als unförmige menschliche Masse enden will. Kaum hat sich dieser Gedanke gebildet, da wird er von den krakeelenden Händen gepackt und in die Luft geworfen, einmal, dann ein zweites Mal, noch höher. Einen Augenblick lang vergisst er den Tumult, den Schmerz und die Erschöpfung und begreift, dass er am Seil entlang hochgeworfen wird. Beim dritten Wurf bekommt er es zu fassen, und in einer langen, mühsamen und ungeschickten Verrenkung gelingt es ihm, sich an einem Vorsprung neben dem Gang, der zum ersten

Hohlraum führt, festzuklammern. Mehrere Male wäre er fast abgestürzt, aber das Kreischen, das er für Zuspruch hält, hilft ihm durchzuhalten. Als er endlich den Gang erreicht, durch den er zum ersten Hohlraum und nach draußen gelangen müsste, dreht er sich um, um den Affen zu danken, aber die sind verschwunden. Hinter sich sieht er nur noch das Seil, das über einem dunkel schweigenden Loch hin und her schwingt.

43. Schmerz, Hunger und Schuld, die ihn peinigen, lassen ihm nicht die Zeit sich zu fragen, was sich eben zugetragen hat. Ist er dort in der Tiefe wirklich Affen begegnet? Haben sie ihn ermutigt, ausgebuht, verspottet, ausgestoßen? Geht die Höhle jenseits des Hohlraums, in den er gestürzt ist, weiter?

44. Laut einer Fabel, an die er sich nicht im Detail erinnert, gab es eine Zeit, da die Menschen mit den Affen aller Arten eine einzige Familie bildeten. An dem Tag aber, da die Menschen zu träumen begannen, kam das Unglück über die Erde. Wer das Glück sucht, der muss, so schließt die Erzählung, nacheinander aufhören zu sprechen, zu träumen und zu denken. Als Hüter dieser verlorenen Weisheit gelten die Affen im Allgemeinen und die Gorillas im Besonderen, da sie sich seit jeher von den Fallstricken der Gedanken, Träume und vor allem der Worte fernhalten und sich mit dem Sehen, Begreifen und Tun begnügen.

45. Da sie glaubten, Niko könne, weil er stumm war, weder denken noch träumen, hatten manche ihn eine Zeit lang Niko-Affengesicht genannt.

46. Diesen Vergleich bestätigte auch sein Lächeln.

47. Niko kriecht nach draußen. Als er den Rand des kleinen Beckens, an dem er seinen Durst stillen kann, erreicht,

bemerkt er, dass der Mond, voll und strahlend, sich makellos im Spiegel des Wassers abzeichnet. Er nähert seine Lippen dem Wasser, behutsam, um dies erhabene Bild nicht zu verderben. Als er sich endlich entschließt, eher auf seine Sinne als auf sein Behagen zu hören, und trinkt, beruhigen sich sein Kopf, sein Magen und die Übelkeit.

48. Es ist nicht das Wasser an sich, beschließt er zu denken, sondern die darin gelösten Extrakte des Mondes, die solchen Trost spenden. Er liegt auf dem Boden, Arme und Beine weit von sich gestreckt, das Kinn im Schlamm des Beckenrandes, die Augen herrenlos, während sich seine Zunge regelmäßig vorschiebt, um das köstliche Wasser aufzulecken. Er wäre ein für allemal glücklich, wenn die Zeit stillstünde, wenn sie diese Position, diese Empfindung erstarren lassen könnte. Wenn er keinen Magen hätte, wenn der Tag nicht anbrechen müsste und er keine Angst hätte, angegriffen zu werden oder in dieser Haltung zu verfaulen, könnte er wohl für immer so leben. Dieses Bild des vor seiner Nasenspitze dahintreibenden Mondes sehen, es dann und wann verwirren, indem er seine Zunge hineintaucht, spüren, wie die Kühle in seinen Körper dringt, und darauf warten, dass das Bild zu seiner Reinheit zurückfindet, bevor er es erneut stört. Von der Zeit nicht betroffen sein. Wenn es das Glück gibt, dann muss es so ähnlich sein. Dieser Gedanke schimmert in seinem Kopf wie der Widerschein des Mondes in dem Becken vor ihm.

49. Die Nacht ist hereingebrochen, und der Mond im schwarzen Wasser ist eine kleine, glänzende Pastille geworden, deren Schein von den Sternen verstärkt wird, die wie regungslose Blasen aussehen. Irgendwann sieht Niko sie verschwommen und mehrfach.

50. Das Glück ist das, was man gezwungen ist aufzugeben. Das sagt er sich, als er aufsteht.
51. Wie lange hat er dort gelegen, mit leerem Kopf und Bauch, betäubt von dem Anblick des Spiegels aus Wasser? Lange genug, dass er das Stehen verlernt hat und eine Weile sitzen bleiben muss, um sich wieder daran zu gewöhnen, dass der Kopf höher sitzt als der übrige Körper. Er versucht, das Zittern, das seine Beine erfasst hat, zu beherrschen. Da hört er ein vertrautes Krakeelen. Auf einer steinigen Anhöhe toben die Affen, als Niko nicht weit von ihnen hinter einem kleinen Hügel hervorkommt. Sie rennen den Abhang hinunter, und mit ein paar Schritten Abstand taumelt Niko hinter ihnen her. Eine tiefe innere Stimme rät ihm, den Affen zu vertrauen. Im Herzen scheint es ihm gewiss, dass ihr Schicksal und seines von nun an verbunden sind. Er ist sich sicher, dass sie ihn zur nächsten Nahrungsquelle führen werden.
52. Wer nicht weiß, wie es geht, beobachtet, hört zu und wird freundlich, weiß ein Sprichwort, an das er nicht denkt.
53. Am Boden kullern Melonen in saftigen Rundungen, und in der Höhe verströmen Bananenbüschel einen verlockenden Duft. Die Affen stürzen sich auf die Bananen, Niko dagegen hält sich an die Melonen, weil er sie lieber isst, aber auch, um auf Abstand und am Erdboden zu bleiben. Er nimmt eine Frucht nach der anderen, bricht sie an einem großen Stein neben sich auf, bevor er Kerne und Fleisch mit den Zähnen herausschabt. Je satter er wird, desto weniger schlingt er sie hinunter, wählt die schwersten und duftendsten Früchte aus. Schließlich nimmt er sich sogar die Zeit, sie ordentlich mit der Machete, die er immer

am Gürtel trägt, zu zerteilen, und die Kerne auszuspucken. Die Affen ihrerseits verschlingen schweigend die Bananen. Sie scheinen sich nicht um Niko zu kümmern, der sie aus dem Hintergrund mustert.

54. Gesättigt liegt Niko auf dem Rücken zwischen den Melonen und ihren Überresten. Die harten Blätter zerkratzen ihm Arme und Beine, aber er achtet nicht darauf. Er sucht den Mond am Himmel, findet aber nur ein Schimmern, das von einer unbewegten Wolke verschleiert wird. Das Glück, denkt er, ist ein Mensch, der von den anderen vergessen ist, im Einklang mit seinen natürlichen Bedürfnissen und in einer bequemen Position, sodass er das regelmäßige Schlagen seines Herzens spüren, auf die fernen Geräusche lauschen und Mond und Sterne bewundern kann.

55. Was ist geschehen, dass urplötzlich wieder die Bilder des Gemetzels auftauchen und er in diesem Krampf erstarrt, nach dem er jedes Mal aussieht wie ein Ertrunkener, den man eben aus dem Wasser geborgen hat?

56. Genau in dem Moment ertönt eine Detonation, während gleichzeitig die Frucht, die Niko neben sich hat fallen lassen, explodiert. Von einer Flut unerträglicher Bilder überwältigt und von einem Zittern geschüttelt, ist ihm nicht bewusst, was gerade geschieht, und er bleibt liegen. Ein Lärmen dringt undeutlich an seine Ohren. Eine erneute Explosion und das Aufspritzen von Staub neben ihm bringen ihn wieder zu sich, und er begreift: Man schießt auf ihn. Aber als ginge ihn diese Feststellung nicht wirklich etwas an, bleibt Niko reglos liegen, Fels unter Felsen, Melone unter Melonen. Die Augen in seinem erloschenen Gesicht sind noch immer auf den Himmel gerichtet und spiegeln einen aufgegebenen Glanz wider, den Glanz des Mondes.

57. Eine erneute Explosion reißt ihn hoch, deren Entladung diesmal in ihn eindringt wie ein Schreckenssturm. Er rutscht hinter den Felsen, auf dem er eben noch Melonen aufgebrochen hat. Während er seine angezogenen Knie umklammert, den Kopf in diesem Knäuel verschwinden lässt und den Atem anhält, versucht er herauszuhören, wo sich die Affen befinden. Sind sie etwa ohne ihn fort? War das hier etwa nur eine Falle, um den Eindringling, der er in der Höhle ist, auszuschalten? Tut er gut daran, ihnen zu vertrauen?
58. Als er merkt, dass er sich in jener Haltung befindet, in der er viele seiner Opfer überrascht hat, erfasst ihn erneut eine Flut von Erinnerungen, die ihn anwidern und heftige Krämpfe auslösen, sodass alles, was er eben gegessen hat, wieder hochkommt. Die Melonenstücke, die sich über den Boden ergießen, sind noch ganz.
59. Die Schüsse hören auf, aber Niko fühlt sich nicht besser, also wartet er ab. Auch wenn er tagelang warten müsste, um sicher zu sein, dass er gefahrlos wieder aufstehen kann, ist er dazu bereit. Geduld war immer schon seine größte Tugend. Nach einer langen Stille, in der er wachsam bleiben, aber auch vermeiden muss, dem Umherirren seiner Gedanken wieder in die Falle zu gehen, erregt ein Röcheln, stoßweise und immer schwächer werdend, seine Aufmerksamkeit. Um besser zu hören, schiebt er wie eine misstrauische Schildkröte den Kopf langsam vor; dann kauert er sich nieder, um herauszufinden, woher das Geräusch kommt, und lässt seine schweißbedeckte Stirn, dann die Augen über den Fels hervorlugen. Ein paar Schritte weiter liegt ein Affe, von einer Kugel in den Hinterkopf getroffen. Das herausfließende Blut bildet um ihn herum eine undurchsichtige Lache. Die Position des Tieres lässt erahnen,

dass es erwischt wurde, während es dorthin rannte, wo Niko lag. Die Szene wirkt im bleichen Mondlicht steril und nicht real genug, um die Lawine düsterer Gedanken, die tief in Niko lauern, auszulösen.

***

Sie spaziert in ihren Erinnerungen wie durch einen zugleich vertrauten und unbekannten Ort, ein in Dunkelheit versunkenes Haus, in dem sie tastend nach ihren Orientierungspunkten sucht. In diesem Tagtraum sieht sie sich als anderes Selbst auf diesem Bett liegen, berauscht von der verwirrenden Hingabe an die Traurigkeit. Sie bleibt lange dort, bis, so erinnert sie sich, das Klingeln des Telefons sie aus ihrer Benommenheit reißt.
Ein Freund schlug ihr vor, am Abend ins Theater zu gehen. Da sie nicht ewig liegen bleiben konnte und nicht wusste, was sie nachher tun sollte, nahm sie die Einladung an. Am anderen Ende der Leitung hatte die Stimme deutliche Freude zum Ausdruck gebracht, und es war ihr schwergefallen, sie zu erwidern. Es war immer dieselbe Stimme, die sich meldete, wenn es mit dem Anderen nicht gut lief, die Stimme, mit der sie die fruchtbarsten Diskussionen verband, Victors Stimme.
In dem Stück trat ein Mann auf, der an einer unheilbaren Krankheit litt und dessen unaussprechlicher Name an jenes Land denken ließ, das erst heute Morgen ihre Aufmerksamkeit brutal zurückerobert hatte. Sie erkannte ihre Muttersprache durchaus, auch wenn sie sie nicht sprechen konnte. Der Mann in dem Stück erhielt Besuch von seinem Schutzengel, der ihm vorschlug, er solle die Zeit, während

er auf seinen baldigen Tod wartete, nutzen und in einer kleinen Schachtel alles sammeln, was er von sich zurückzulassen wünschte, alles, von dem er wollte, dass man es danach mit ihm verband. Das Stück hieß *Zu seinem Gedenken*. Aus einem Grund, den sie sich damals nicht eingestand, fand sie es schön, aber unerträglich, verstörend. Ein paar Jahre später sitzt sie an ihrem Schreibtisch und glaubt zu wissen, warum die Aufführung sie so betroffen gemacht hat. Vielleicht hat sich in jenem Augenblick die Verbindung hergestellt zwischen dem Ekel, der sie überkommen hatte, und dem Projekt, dem sie sich jetzt in Tausenden Kilometern Entfernung widmet.

Nach dem Theaterstück hatte sie Victor eingeladen, etwas trinken zu gehen. Erst war sie erstaunt gewesen, dass er die schockierende Nachricht, die sie erst heute Morgen wie ein Schlag getroffen hatte, scheinbar nicht gehört hatte, und unfähig, an etwas anderes zu denken, hörte sie seinen Kommentaren über das Stück nur mit halbem Ohr zu. Zum Schluss aber kam er darauf:

»Du hast ja die irrwitzigen Zahlen gehört, aus den Gefängnissen bei dir daheim. Es sind offenbar so viele Inhaftierte, und die Gerichtsinstanzen sind so überlastet, dass es Jahrhunderte dauern wird, um alle abzuurteilen.«

»Ja«, hatte sie geantwortet, so unbeteiligt, als hätte man ihr die Ergebnisse der Kricket-Weltmeisterschaft bekannt gegeben.

»Es ist doch unfassbar, dass so etwas überhaupt passieren kann. Das macht erschreckend deutlich, welche Gewalt das Land heimgesucht hat, aber auch welche Gleichgültigkeit das alles überdeckt. Das ist gerade so, als hätte in Frankreich ein Verbrechen stattgefunden, das die Inhaftierung sämtlicher Einwohner von Lyon nach sich zieht, und dem Rest der Welt ist das schnurzegal.«

»Das ist schrecklich, aber was soll's ...«, warf sie ein, um seine Reaktion zu testen.

Einen Moment lang hielt er das Glas, das er ergriffen hatte, an den Lippen, dann stellte er es wieder ab und schrie sie an: »Du bist ekelhaft!« Sie lächelte, und er begriff, dass sie es nicht ernst gemeint hatte.

Er hatte den Nagel auf den Kopf getroffen: Was sie eben gesagt und heute Morgen aus dem Mund eines Kameraden gehört hatte, war ekelhaft. Was sie an diesem Satz schockiert hatte, war die Obszönität der Welt, nicht in ihrem Zurschaustellen von Grauen und Ungerechtigkeit, sondern in der Haltung derer, denen nichts anderes einfällt als »Das ist schrecklich, aber was soll's ...« zu sagen und nichts anderes zu tun als zwischen einem Schluck Kaffee und einem Scherz eine Bemerkung darüber fallen zu lassen und rituelle Entrüstung zu demonstrieren, bevor sie zu etwas anderem, zum normalen Leben übergehen. Sie ertrug diese Haltung nicht mehr, vor allen Erschütterungen zu resignieren, ohne sich selbst erschüttern zu lassen, weil man fürchtete, sein eigenes Elend womöglich dem bereits erdrückenden der Welt hinzuzufügen. Diese Haltung, auf die sie so liebevoll gedrillt worden war und in der sie sich jahrelang gemütlich gerekelt hatte, widerte sie plötzlich an. Aber war es anders möglich?

Vielleicht, dachte sie, während sie zu Victor, der die ganze Situation immer noch völlig inakzeptabel fand, zurückkehrte, hatte sie für ihn deshalb stets ganz besondere Gefühle gehegt. Er fühlte sich immer betroffen, auch wenn es bei Worten blieb, und er reagierte, wodurch er die Aufmerksamkeit der Gleichgültigen auf diese Themen lenkte. Das war ja schon mal was.

Sie versteht nicht, wie sie es geschafft hat, der Welt so lange unempfindlich gegenüberzustehen. Wie oft hat auch sie sich bis zu jenem Tag, an dem ihre Normalität zusammenbrach, mit dem Satz begnügt: »Das ist schrecklich, aber was soll's«? Für wie viele Menschen ist das die einzig mögliche Reaktion und wird es auch immer bleiben? Wäre sie heute noch eine von ihnen, wenn die Lautstärke des Radios ihre Routine nicht durchkreuzt hätte?

Sie seufzt und kehrt zu ihren Erinnerungen zurück.

Nach der endlosen Diskussion mit Victor und dem Fußweg nach Hause kam sie im Morgengrauen daheim an. Aber statt zu schlafen, fing sie an zu schreiben. Der vergangene Tag hatte sie dazu gebracht, ein ganz wesentliches Vorhaben in Angriff zu nehmen. Sie musste unverzüglich ein Resümee dazu anfertigen. Als Erstes verwandte sie all ihre Mühe darauf, den Titel in Schönschrift auf ein Extrablatt zu schreiben: »Zum Gedenken an ...« Sie brauchte eine gute Stunde, bis sie mit dem Ergebnis zufrieden war. Einen Moment lang glaubte sie, ihrer üblichen Sorgfalt zu huldigen. Heute weiß sie, dass sie sich damals vor allem die Zeit nahm, noch einmal nachzudenken, an den Details ihrer Idee zu feilen, wie sie es mit den Schwüngen dieser dreizehn Buchstaben tat. Über das Projekt hinaus beschäftigten sie andere Dinge.

Es wurde ihr insbesondere bewusst, dass sie als erste Konsequenz ihr unwichtig gewordenes Studium abbrechen musste. Marktfinanz, Logistik und Betriebskontrolle hatten angesichts dieser Idee, deren Titel sie mit solcher Sorgfalt niederschrieb, ihre Bedeutung verloren.

Zum anderen durften ihre Eltern nichts davon erfahren. Das war ganz klar und notwendig.
Sie hatten sie als Waise der Tragödie bei sich aufgenommen, als sie verdammt zu sein schien. Sie wusste, wie anders ihr Schicksal ohne ihre unerklärliche Großzügigkeit verlaufen wäre. Nie hätte sie Zärtlichkeit erfahren, nie die Aufmerksamkeit, die sie bis jetzt getragen hat, genossen, nicht das Studium gemacht, das alle übereinstimmend für brillant hielten. Ihre Fürsorge war so weit gegangen, ihren Namen, Isaro, zu bewahren, der zusammen mit ihrer Hautfarbe das einzige äußere Anzeichen war, das es unmöglich machte, dass sie in den Augen der anderen ganz in ihrer Familie aufging. Sie machte sich nie die Mühe klarzustellen, dass sie ihre Adoptiveltern waren. Sie waren besser als eine Familie, sagte sie sich oft, sie waren Engel. Von der Vorsehung gesandte Retter und Beschützer, deren Flügel der aus dem Wasser geworfenen kleinen Perle, die sie war, erlaubt hatten, weiter zu wachsen.
Und doch löste sich ab einem gewissen Moment, den sie schlecht benennen kann, ihre Beziehung auf, Faden um Faden, bis sie nur noch eine Abstraktion war, etwas, das die Illusion einer Realität aufrechterhielt, die es im Grunde nicht mehr gab. Die Fotografien, die sie ständig machten und ansahen, waren eine Zeit lang die einzige Stütze ihrer verloren gegangenen Familie. An dem Tag, als sie sich entschloss, nach Paris zu gehen, brach diese Neutralität zusammen. Ihre Eltern waren nur noch Richter, die ihr tagtäglich per Telefon erstickende Ratschläge erteilten. Irgendwann hatte sie angefangen, ihre Nummer herauszufiltern, dann änderte sie ihre eigene. Fortan bestand ihre einzige Verbindung in der monatlichen Dauerüberweisung auf ihr Konto.

Mit dem Geld konnte sie weiterhin in der Hauptstadt leben und bald, so hoffte sie, ihr Flugticket kaufen.
Jetzt sagt sie sich, dass dieses Verhalten ihnen gegenüber dumm gewesen ist. Sie bedauert es zwar, denkt aber, dass es anders nicht möglich gewesen wäre. Sie glaubt, dass ihr Weggehen und der darauf folgende Bruch aus einem unvermeidlichen Missverständnis entstanden sind: Alles, was ihre Eltern getan haben, um sie im Leben zu verwurzeln, hat sie von dem Einzigen, was in ihren eigenen Augen wesentlich war, ferngehalten. Je klarer ihr wurde, was die beiden für Ziele und höchste Sicherheiten hielten, desto mehr litt sie darunter, ihre Energie damit zu vergeuden, hinter Titeln herzulaufen, die sie sowieso nicht verdiente. Zu Unrecht verwechselte sie ihre Eltern mit dem Unbehagen, das sie ihr zufügten. Sie hatten nie aufgehört, sie zu lieben, nicht einmal während des Schweigens, das sie ihnen auferlegte und das sie nicht brachen, obwohl sie es so leicht hätten tun können, beispielsweise durch die Aussetzung ihrer monatlichen Überweisungen.
Wäre sie dazu fähig, jemanden gegen seinen Willen zu lieben? Könnte sie dem Drang widerstehen, die Person, für die sie alles getan hatte und die sich schließlich so unverschämt verhielt wie sie gegenüber ihren Eltern, undankbar zu nennen und zu bestrafen? Ist diese Liebe ohne Vorbehalt und Vorbedingung den Schutzengeln eigen?

DREI

60. Als die ersten zwei Schüsse erklangen, hatten die Affen sich im Wald zerstreut, während Niko noch zwischen den Melonen lag. War der Affe dort drüben zu ihm gelaufen, um ihn zu wecken und mit ihm zu fliehen? Das war der Moment gewesen, als ihn der Schuss, der Niko gegolten haben musste, niederstreckte. Das jedenfalls denkt Niko sich, als er beschließt, zu dem Affen hinüberzugehen, der jetzt nicht mehr stöhnt. Er stellt fest, dass es derselbe ist, der ihn an jenem Tag, als er in die Höhle gestürzt ist, wieder zur Besinnung gebracht hat. Er würde den massigen Körper unter Tausenden erkennen. Er ist erstaunt, als er bemerkt, dass im Gesicht des Affen noch immer derselbe Ausdruck liegt, so als hätte der Tod ihn nicht wirklich getroffen. Wären da nicht die Wunde und das Blut, könnte man meinen, er schläft, denkt Niko. Vielleicht sehen alle, die der Tod überrumpelt, so aus. Sie haben keine Zeit zu bemerken, dass das Ende sie zermalmt, und die Grimasse derer aufzusetzen, die wissend sterben.
61. Den Gesichtsausdruck der Vorgewarnten kennt Niko nur zu gut. Er hat die Vorwarnung oft genug selbst verkörpert, um zu erkennen, was die Mienen der Opfer gemein haben. Aber er darf nicht zulassen, dass solche Gedanken ihn mit sich fortreißen.

62. War, so fragt er sich lieber, dieser Affe sein Schutzengel? Das hängt davon ab, überlegt er. Wenn man ihn verdienen muss, lautet die Antwort sicher Nein. Ist der Tod eines Schutzengels ein Zeichen? Wozu braucht man einen Schutzengel?
63. Nachdem Niko die Leiche des Affen wie einen Sack Müll hinter sich hergeschleift hat und die Höhle erreicht, ist er erschöpft. Erst hat er den Kadaver getragen und geschleppt, um letztlich festzustellen, dass die Last über seine Kräfte geht. Daraufhin hat er versucht, ihn zu rollen. Doch für diese Technik erwies sich der steif gewordene, schwere Körper des Affen als wenig geeignet. Eines war Niko jedenfalls klar: Es kam nicht infrage, die Leiche des Affen, der ihm zweimal das Leben gerettet und dafür sogar sein eigenes geopfert hatte, einfach liegen zu lassen. Er setzte sich hin und dachte nach.
64. Schuldet man seinem Schutzengel etwas?
65. Das Bild der Ziegen tauchte lichtblitzartig vor Niko auf. Er erinnerte sich daran, dass er früher seinem Onkel Gaspard nachging, der sich von Zeit zu Zeit mit aufgeregten, in ihr Fell gekleideten Ziegen vom Dorf entfernte und sie entblößt und schweigend auf seinen Schultern zurückbrachte. Aus dem Eimer, den er in der Hand hielt, ragte bei seinem Weggang stets die glänzende Spitze einer Machete und auf dem Rückweg die blutige Haut des Tieres. Eines Tages war Niko seinem Onkel gefolgt, weil dieser zum Töten ein Tier ausgesucht hatte, das Niko über alles liebte.
66. Es war eine Ziege, der Niko versucht hatte das Sprechen beizubringen. Um das Zutrauen des Tieres zu gewinnen, gab er ihm zuallererst einen Namen. Er entschied sich dafür, es nach sich selbst Niko zu nennen. Daraufhin be-

schloss er, wie das Tier zu leben, der einzige Weg, um zu verstehen, wie es tickte. Monatelang verbrachten die zwei unzertrennlichen Nikos daher die meiste Zeit zusammen, saugten Milch, grasten und liefen hintereinander her; bei dieser letzten Aktivität allerdings, das muss gesagt sein, war es eher Niko, der hinter Niko herlief, als umgekehrt. Vor der Schlafenszeit am Abend gab Niko sich alle Mühe, dem Zicklein die Feinheiten der Menschensprache beizubringen. Da er selbst stumm war, gab es dabei natürlich Details, auf die er nicht eingehen konnte.

67. In der Tat vollzog sich diese Lehre auf eine Weise, deren Geheimnis niemand behaupten konnte durchschaut zu haben.

68. Als Niko daran zurückdenkt, ist es ihm, als wäre das Fest, für welches man seinem tierischen Namensvetter die Kehle durchgeschnitten hatte, nur vorgetäuscht worden. Man hatte ihm das einzige Wesen nehmen wollen, das er liebte. Er hat davon eine tiefe Wunde zurückbehalten, die ihn auch nach all der Zeit wieder schmerzt, sobald er daran zurückdenkt.

69. Als er sah, wie Gaspard mit dem Eimer, aus dessen Tiefe eine Machetenklinge glänzte, den Stall betrat, wusste er, was geschehen würde. Niko würde am Stück davongehen und in zwei Teilen zurückkehren, die Haut im Eimer und der Rest auf den Schultern seines Onkels. Er überlegte, Gaspard daran zu hindern, dass er Niko etwas zuleide tat, aber etwas hielt ihn ab. Er sah, wie dem Zicklein der Strick umgelegt wurde und es aus dem Dorf gezerrt wurde. Hinter dem verschreckten Meckern ahnte er die ersten Silben einer verständlichen Sprache, die Frucht all seiner Geduld. Heimlich folgte er seinem Gefährten bis zum Bach, wo Gas-

pards unfehlbare Machete ihm ohne Aufhebens mit einem Schlag den Nacken durchtrennte. Er sah, wie Niko vergeblich versuchte, sich aus Gaspards festem Griff loszumachen, und dann stillstand, so als hätte das Opfer, sobald der Tod gewiss war, begriffen, dass es ganz in seinem Interesse war mitzumachen. Dann beobachtete er, wie sein Onkel den reglosen Niko kopfüber aufhängte, um ihn von seiner Haut und seinen Gedärmen zu befreien. Er bemerkte sogar, dass in dem Dampf, der dem rosigen Fleisch entströmte, eine verständige und enttäuschte Seele aufstieg. Während Gaspard begann, die Machete zu säubern und die Innereien im Bach auszuspülen, kehrte Niko in den Stall zurück, wo er die Nacht über blieb. Seit jenem Tag ging er nicht mehr das Risiko ein, sich an irgendwen oder irgendetwas zu binden.

70. Als er den Affen so nicht fortbekommt, hat Niko sofort daran gedacht, ihn leichter zu machen, indem er ihn ausweidet, wie sein Onkel Gaspard es mit den Ziegen getan hat. Das ist der einzige Weg, ihn bis zur Höhle zurückzuschaffen, hat er festgestellt, bevor er sich an die Arbeit macht. Weil er das Tier nicht aufhängen kann, hat er sich damit begnügt, es quer über den Abhang zu legen, damit Gedärme und Blut sich verteilen können, ohne den übrigen Körper zu besudeln. Dank der Erinnerung an die Handgriffe seines Onkels und dank der Machete, die er immer an seinem Gürtel trägt, ist es schnell vorüber.

71. Die Nacht und das bleiche Mondlicht haben ihm geholfen, nicht zu erkennen, was ihn hätte ekeln können. Die Furcht davor zu sehen, wie der Affe sich bewegt, und die Angst, eine neue Salve Schüsse abzubekommen, haben ihn die Gerüche vergessen lassen. Schließlich bringt ihn die

eigene Schwäche auf die Idee, aus den Bananenblättern einen Teppich zu fertigen, auf dem er den Tierkörper leichter ziehen kann.

72. Wie geht es zu, dass ausgerechnet dieser Affe getroffen wurde, zudem noch in seiner Gegenwart, fragt er sich, während er zurück zur Höhle geht. Ist er der Gruppe gefolgt, um den Kadaver seines Schutzengels heimzubringen? Was wäre geschehen, wenn es ihn selbst getroffen hätte?

73. Niko fühlt sich unwohl, als er an der erhöhten Stelle über dem Höhleneingang ankommt. Das Tier, das er hinter sich herzieht, ist nicht seine einzige Last. Er fragt sich auch, warum er sich überhaupt eine solche Arbeit aufbürdet. Er hat vor langer Zeit akzeptiert, dass sein Leben keinen Sinn hat und auch keinen braucht. Warum also macht er es sich zur Pflicht, diesen Leichnam zurückzubringen? Was will er denn mit ihm? Warum fängt er mit diesen Gedanken über Schutzengel und Dankbarkeit an, statt zu fliehen? Warum interpretiert er Gesten so, wie er es getan hat, obwohl sie doch genauso gut das Gegenteil bedeuten können? Was ihm fehlt, sagt er sich, ist der Mut, für immer die Augen zu schließen, statt sich in einem unmöglichen Fegefeuer festklammern zu wollen.

74. Er muss den Kadaver noch ein paar Schritte tragen.

75. Als Niko über die Schwelle der Höhle tritt, wird er von einem Kreischen begrüßt. Es bedeutet wohl, nimmt er an, dass die Affen ihm dafür danken, dass er ihren Artgenossen zurückgebracht hat. Was tun Affen mit ihren Toten? Begraben sie sie? Lassen sie sie da verfaulen, wo sie zusammenbrechen?

76. Welchen Sinn ergibt es für die Affen, dass Niko einen der ihren leblos und ausgeweidet zurückgetragen hat?

77. Seit er sich in die Höhle zurückgezogen hat, also eigentlich erst seit Kurzem, erträgt Niko keine Geräusche mehr, und es ist für ihn ein unglaublicher Kraftakt, die lärmende Dankbarkeit ohne Protest anzunehmen. Die Isolation dagegen beeinträchtigt seine Sinne nicht, die, wie ihm bewusst wird, sehr viel wacher sind als früher. Seine Ohren erkennen die leisesten Bewegungen. Seine Augen fangen die entferntesten Töne auf. Seine Nase erspürt unsichtbare Formen. Seine Hände riechen unvorstellbare Gerüche. Und seine Zunge stöbert in der Luft, die er atmet, unbeschreibliche Empfindungen auf. Wegen dieser Feinfühligkeit könnte er es nicht mehr ertragen, anderswo als in dieser Höhle zu leben. Die Menschen und ihr ständiges Lärmen würden ihn verrückt machen. Seit wann empfindet er die Dinge so? Hat er deswegen oder trotzdem so viele Menschen getötet? Haben die, die töten, einen Grund? Und die, die sterben? Diese Gedanken beschäftigen Niko, als er an der Höhle anlangt.

***

Warum ergeben die verschiedenen Momente eines Lebens erst Sinn, wenn man sie durchquert hat? Ist das Leben im Grunde genommen ein Rückwärtsgehen? Im Gegensatz zu dem, was man, vielleicht um sich zu beruhigen, oft behauptet, liegt vor einem ja vielleicht eher die Vergangenheit und weniger die Zukunft? Kann man das Vorher und Nachher als ein und dasselbe betrachten?
Warum denkt sie so? Eine gute Frage ...
Sie glaubt jetzt zu verstehen, was sie dazu gebracht hat, sich ihren Eltern gegenüber zu verhalten, wie sie es getan hat, und warum sie sie als Feinde ihres Glücks betrachtet hat.

Ihre Erklärung ist etwas umständlich, kommt der Wahrheit aber recht nah.
Die Großzügigkeit ihrer Eltern hat es ihr genommen, ohne mildernde Umstände Waise zu sein; davon vernichtet zu werden oder wiederaufzuerstehen. Sie haben ihr die Möglichkeit geraubt, in der Traurigkeit unterzugehen und wieder aufzutauchen. Bevor sie überhaupt bemerkte, dass sie ertrunken war, hatten sie sie aus dem Wasser gezogen, ihr trockene Kleider und eine Tasse heiße Schokolade gegeben. Sie brachten sie fort von jenem See, in dem sie doch, wie es das Schicksal wollte, hatte sterben sollen. Sie drängten sie vorwärts und umhegten sie so innig, dass der See am Horizont verschwand, bevor sie daran dachte, sich umzudrehen. Vielleicht nahm sie es ihnen übel, dass sie sie von der Trauer um jene, die das Glück übersehen hatte, abgelenkt hatten. Durch ihre Rettung hatten sie es ihr unmöglich gemacht, über das, was ihr zugestoßen war, zu klagen. Und genau das ist das Problem mit den Engeln: Ihre Großzügigkeit verhindert, dass sich die Grausamkeit und Absurdität, zu der die Menschen verdammt sind, erfüllen. Ihre fürsorglichen Flügel schützen und behindern. Man durfte nicht vergessen, und daran erinnerte man sie nur allzu oft, dass sie trotz allem das Glück hatte, noch am Leben zu sein. Sie musste sich an das Schweigen und an das Vergessen klammern als eine Art, ihre Dankbarkeit zu zeigen, glücklich wirken, um ihnen keinen Schmerz zuzufügen, so tun, als würde, was sie durch sie besaß, wettmachen, was sie verloren hatte.
Zu ihrem 18. Geburtstag hatten sie ihr zwei Alben mit Fotografien geschenkt, auf denen ihr Leben chronologisch und in Bildern ablief. »Es ist alles drin!«, hatte ihr Vater mit sichtlichem Stolz zu ihr gesagt. Ihre Ankunft auf dem ersten Fo-

to, das sie zeigte, mager und verängstigt, eingemummt in einen Pullover, der zu groß für sie war. Die Entdeckung dessen, was ihr Zimmer werden sollte. Die Demonstrationen, die in ihrem Namen organisiert wurden, um Gelder zu sammeln und anderen Kindern zu helfen, die weniger Glück gehabt hatten als sie. Ihr erster Schultag. Ihre Geburtstage, gleichgesetzt mit dem Datum ihrer Ankunft, weil man ihr echtes Geburtsdatum nicht kannte. Ihre Ferien. Ihre großen Tanz- und Klavierabende. Ihre Wettläufe. Noch viele andere Ereignisse waren in diesen Bänden erfasst.

Es war tatsächlich alles drin, außer dem, was nicht da war, also dem, was vor dem ersten Foto stattgefunden hatte. Nachdem sie alles durchgeblättert und sich bedankt hatte, kehrte sie zu jenem ersten Bild zurück. Sie konnte nicht anders als weinen. Sie ließ die Anwesenden in dem Glauben, sie weine vor Freude, ergriffen vom Ansturm der Erinnerungen. In Wirklichkeit machte es sie traurig, dass diese sorgfältige und systematische Dokumentation ihres Tuns und Treibens seit ihrer Ankunft nur das unterstrich, was ausgelassen, was vor all dem gewesen war.

Jetzt, da ihre Gedanken sie dorthin zurückführen, kann sie recht klar formulieren, was damals geschehen ist. Eine diffuse Bitterkeit hatte sie überwältigt, die sie zuerst über sich selbst und ihren Eltern ausgoss. Sie empfand das Bedürfnis, die Narbe, die sie immer mit solcher Mühe versteckt hatte, zu spüren und herzuzeigen. Nach und nach versagte sie es sich, das Leben auszukosten, nicht weil es sie abstieß, sondern weil sie nicht mehr gutheißen wollte, was ihre Eltern dafür getan hatten, damit sie sich voll entwickeln konnte. Sie akzeptierte vielmehr nicht, nur das brillante Mädchen zu sein, auf das sie so stolz waren.

Zusätzlich begann sie, ihre Erfolge zu zerstören und ihre Freude zu verheimlichen. Sie hörte mit den Klavierstunden und auch mit dem Tanzen auf, dem sie ihre außergewöhnliche Schlankheit und Eleganz verdankte. Sie hatte ihre Begeisterung für die Vorlesungen verloren und folgte ihrem Studiengang gewissermaßen nur widerwillig, sodass sie den Vorsprung, den sie aufgebaut hatte, als ihr Studium sie noch mitgerissen hatte, aufzehrte und erschöpfte. Ihre Eltern sahen, dass sie sich veränderte, versicherten ihr aber, sie wüssten, dass sie sich im entscheidenden Moment wieder fangen würde. Sie behaupteten, Verständnis dafür zu haben, dass sie Ballast abwerfen, dass sie leben musste. Schließlich kam sie in ein Alter, in dem sie ihre Freiheit zu behaupten hatte. Man musste zulassen, dass sie jetzt die Entscheidungen fällte, die bislang sie an ihrer Stelle getroffen hatten. Ihr Vertrauen brachte sie zur Verzweiflung. Sie verstanden nicht, was sie ihnen zu sagen versuchte, also ging sie einen Schritt weiter. Zunächst versuchte sie es über Andeutungen, die so indirekt waren, dass man sie fast nicht bemerkte. Sie vergaß, ihnen die übliche Nachricht zu hinterlassen, wenn sie aus dem Haus ging. Sie küsste sie nicht mehr, bevor sie sich schlafen legte. Sie aß nicht mehr mit ihnen, sondern schützte jedes Mal einen besonderen Termin vor. Da sie nicht aufhörten, Verständnis für sie zu haben, zog sie schließlich aus und ging zum Studieren nach Paris. Für den Fall, dass dieser Abstand nicht genügte, wechselte sie ihre Telefonnummer. Trotzdem wurde sie, wie es ihr schien, nicht gehört. Ihr Verhalten ging als spätpubertäre Krise durch.
Sie hatte das Gefühl, dass ihr ganzes Leben bis vor Kurzem nichts weiter als der vergebliche Versuch war, ihren Eltern und allen anderen ihr Unbehagen mitzuteilen.

Als sie ihnen nicht mehr die Schuld geben konnte, fing sie an, sich von dem Anderen loszumachen. Das war nicht weiter schwierig, denn er gab den Launen, Vorwürfen und Frustrationen, die sie auf ihn niedergehen ließ, reichlich Angriffsfläche. Bald schon war er nur noch eine Marionette, die sie zu sich bestellte, mit ihr spielte und wieder wegwarf, wie es ihr gefiel. Er war zu verliebt und gab sich damit zufrieden. Sie war trunken von ihrer Macht und missbrauchte sie, bis sie ihn für zu schwach befand, als dass er es verdiente, geliebt zu werden.
Dann kam die Reihe an ihre Freunde. Einer nach dem anderen, einschließlich Victor, wurde es leid und ging auf Abstand. Als sie sich das letzte Mal sahen, gestand Victor ihr, dass er sie nicht mehr ertragen konnte. Sie erinnert sich grob, was er ihr damals sagte. Er habe sie zwar sehr gern, aber sie zwinge ihn zu der Einsicht, dass man unmöglich jemandem helfen konnte, der sich selbst noch nicht einmal ein bisschen liebt. Natürlich meinte er sie. Er machte sie darauf aufmerksam, sie setze offenbar ihre letzte Würde in den eigensinnigen Wunsch, keine Hilfe anzunehmen und unterzugehen. Für ihn war das nicht auszuhalten und vielleicht auch gefährlich, denn statt sie zu retten, lief er Gefahr, mit unterzugehen.
Wieder einmal hatte Victor recht gehabt. Wenn es eine Person gibt, deren Gesellschaft sie heute vermisst, jemanden, der ihr organisch fehlt, ohne den sie sich unvollständig fühlt, dann ihn.
Aus der Distanz ihres neuen Lebens heraus bedauert sie auch das Schlechte, das sie damals gedacht und getan haben mag. Aber sie ist stolz, dass sie es gewagt hat, aus einer so einfachen Rolle auszubrechen und die zu erobern, die sie

heute spielt und in der sie sich eine Weile glücklich gefühlt hat. Dieser Lebensabschnitt scheint ihr fern, irreal.
In der Zeit, die sie mit der Ausarbeitung ihres Projekts und dann mit dem Warten auf die notwendigen Geldzahlungen verbrachte, verließ sie das Haus fast gar nicht mehr, außer um sich Bücher und Süßigkeiten zu besorgen oder Fotos für ihre Sammlung von Fußbildern zu machen. Wenn sie damit fertig war, legte sie sich auf ihr Bett und starrte die Decke an, wo Flecken und Staub immer neue Figuren zeichneten. In diese Betrachtung versunken, sagte sie sich, dass ihr das Leben schon passen würde, wenn sie sich nur endgültig darin niederlassen könnte, ohne dass es unangenehme Konsequenzen hatte.
Nun, da sich all das trübe Wasser geklärt hat, erfüllt dieses Verhalten sie mit Scham. Wie konnte sie es ihren Eltern, dem Anderen und ihren Freunden übel nehmen, dass sie es nicht geschafft hatten, das Loch zu füllen, das der Verlust ihrer Angehörigen, ihrer Freunde und ihres Landes in ihr hinterlassen hatte? Wie konnte sie übersehen, dass das, was sie innerlich zerfraß, nichts mit ihnen zu tun hatte? Warum hatte sie das Bedürfnis, sie aus ihrem Leiden auszuschließen?
Sie erinnert sich an eine Nachricht, die ihre Eltern auf ihren Anrufbeantworter gesprochen hatten. Sie hört sie wie ein durch die Zeit und die Entfernung lang gezogenes Echo. »Isaro, Deine Schule hat uns Deine Nummer gegeben. Wir haben erfahren, dass Du nicht mehr am Unterricht teilnimmst und nicht mehr ans Telefon gehst. Wir machen uns Sorgen. Nicht wegen der Kurse, sondern Deinetwegen. Die Bank hat uns informiert, dass Dein Konto immer noch benutzt wird, daraus schließen wir, dass Du

am Leben bist und so wohlauf, dass Du an verschiedenen Automaten Geld abheben kannst. Wenn Du Reißaus nehmen musst, um glücklich zu werden, dann akzeptieren wir das, aber falls Du eines Tages von Dir hören lassen willst, sei gewiss, wir werden uns immer darüber freuen.« Ihr Vater hatte gesprochen, langsam und deutlich, als hätte er eine Notiz abgelesen, dann hatte ihre Mutter hinzugefügt: »Du fehlst uns, kleine Perle. Wir lieben Dich! Gott schütze Dich.« Sie hatte ihnen kein Lebenszeichen gegeben, außer dass sie die Bank wechselte. Sie hatten sie nicht mehr angerufen.

Was sie empfindet, wenn sie daran zurückdenkt, übersteigt die Scham.

VIER

78. Niko ist eingeschlafen, und als er wieder aufwacht, liegt er ausgestreckt ein paar Schritt vom Höhleneingang entfernt. Ein Geruch nach Fleisch und Blut überrascht ihn und erinnert ihn daran, was passiert ist. Neben ihm scheint ihn das Auge des Affen, den er ausgeweidet und hergeschafft hat, anzustarren und ihn etwas zu fragen.

79. Schuldet man seinem Schutzengel etwas? Wovor muss er sich denn schützen?

80. So einleuchtend es ihm eben erschienen ist, dass er den Körper des Affen nicht dort, wo er erschossen wurde, zurücklassen konnte, so deutlich spürt Niko jetzt auch, dass er ihn nicht einfach so liegen lassen oder ihn, das war seine erste Idee, beerdigen kann. Er macht sich also daran, den Kadaver auszuwaschen, dann findet er, er sollte eher versuchen, ihm den Bauch mit etwas auszustopfen und wieder zu verschließen, als wäre er nie geöffnet worden. Dazu beeilt er sich, möglichst lange, biegsame, dünne und robuste Stängel zu suchen und alle Arten trockener Pflanzen zu sammeln, mit denen er das Tier auszustopfen gedenkt. Er muss viele zusammentragen und mehrmals hin- und herlaufen, um dem Affen jenen leicht gewölbten Bauch wiederzugeben, der ihn so sympathisch gemacht hat. Nachdem Niko den Bauch des Tieres gefüllt und zugenäht hat, gibt

er sich alle Mühe, das Fell zu säubern, in dem sich bei seinen Verrichtungen allerlei Schmutz verfangen hat. Mit drei Bambusstäbchen in der geschlossenen Faust kann er, wie er herausfindet, das Fell sogar kämmen, bis es wieder recht ordentlich aussieht. Zum Abschluss findet er es unumgänglich, den Körper des Affen aufzuhängen. Dieser Teil ist der schwierigste, aber keineswegs unmöglich für jemanden, dem es nie an Geduld und Fantasie gemangelt hat. Das Gewölbe ein paar Schritt hinter dem Eingang scheint der ideale Ort dafür. Eine vorspringende Wurzel bildet eine gute Halterung, und die Luft, die dort auf jeden Fall stärker als im hinteren Teil der Höhle zirkuliert, wird den Kadaver belüften. Vom Höhleninneren aus hat es den Anschein, als schwebte der Körper des Affen in der leuchtenden Öffnung des Eingangs. Vor Erschöpfung hat Niko keine Kraft mehr nachzuschauen, wie es von außen aussieht. Er ahnt, dass der Kadaver einer riesigen und wahrscheinlich erschreckenden Puppe ähneln muss ... Vielleicht, denkt er, kann der Affe weiterhin über ihn wachen. Keine ekelerregende Luft, sondern Besänftigung strömt nun immer ruhiger durch seine Nasenlöcher ein und aus. Er schläft ein.

81. Hinter seinen geschlossenen Lidern spaziert Niko, von seinem Vater und einer unbekannten Frau begleitet, durch den Wald, der die Insel bedeckt. Ein strahlender Himmel und die Geräusche des Waldes erwidern ihre gute Laune. Der Ort kommt ihm bekannt vor. Es gibt Eukalyptusbäume, Kiefern, Bananenstauden, Hibiskussträucher, Bambus, verlockende Melonen und andere Pflanzen. Niko, sein Vater und die Frau pflücken alles, was essbar ist, und kosten schweigend davon. Nach einer Weile bemerkt Niko, dass seine Begleiter und er selbst sich verwandeln. Schwere Hör-

ner wachsen ihnen auf dem Kopf. Dichtes Fell bedeckt ihren Körper. Ein Maul erlaubt es ihnen, ganze Melonen zu verschlingen. Bald schon gehen sie auf allen vieren und meckern vor Erstaunen. Wo kurz zuvor noch die Frau saß, steht nun eine ungläubige Ziege. Neben ihr müht sich ein verblüffter Bock herauszufinden, was ihm da so schwer auf den Kopf drückt, und er schüttelt sich vergeblich, um es loszuwerden. Niko kann sich selbst nicht sehen, aber erst bestürzt, dann amüsiert und sogar stolz stellt er sich vor, wonach er wohl aussehen mag. Das Gewicht, das er auf seinem Kopf spürt, lässt ihn an zwei Hörner denken, die ihm gewiss eine stolze Haltung verleihen, wenn er so kräftig ist, wie er sich fühlt. Nach der ersten Überraschung setzen sie den Spaziergang normal fort, nur dass nichts mehr die kleine Gruppe behindert. Böschungen, Gräben, Bäche, Steilhänge, Baumstämme, nichts widersteht ihrem Ungestüm, das sie bis zum Gipfel des Hügels führt, wo sie eine Höhle entdecken. »Das ist die heilige Höhle, die keiner betreten darf, außer er will für immer dort bleiben. Was das Schicksal derer betrifft, die sich ihr nur nähern, gehen die Meinungen auseinander«, meckert der Vater und runzelt nachdenklich die Stirn. Auf diese Worte hin zerreißt ein Blitz den Himmel, gefolgt von einem mächtigen Donnerschlag. In Windeseile überschattet eine schwarze Wolke die Insel, und ein Regen setzt ein, der, wie es scheint, die ganze Erde auflösen will. Die Blitze werfen ihr wütendes Licht auf Niko, seinen Vater und die Frau, die sich vor Angst zu einem armseligen Häuflein scharen. Der Regen peitscht erbittert auf sie ein. Wieder und wieder schlägt der Blitz herab.

82. »Lieber Neugieriger, ich vergaß, Dich zu warnen, dass Nikos Geist ein wildes Labyrinth ist, in das Du einwilligst,

Dich zu verirren, ohne die Zuversicht aufzugeben. Es ist gewissermaßen ein Sturz, dem Du Dich anvertrauen musst, die Erkundung eines intimen Bereiches, an dem Du zu akzeptieren hast, dass er für Besuche ungeeignet ist. Vergiss aber nicht, dass Du frei bleibst. Du kannst umkehren, eine Weile oder für immer hier bleiben, weiter nach dem Ausgang suchen oder auch die Wände des Irrgartens durchbrechen, um schneller hinauszugelangen. Nimm Dir die Zeit, die Du brauchst, um Deine Wahl zu treffen, und falls Du Dich fürs Weitergehen entscheidest, folge meinen Schritten.«

83. Da die beiden Böcke und die fremde Ziege nicht wissen, wo sie sich sonst unterstellen sollen, rennen sie bis zum Eingang der Höhle, der ein ekelerregender Geruch entströmt. Sie versuchen, nur so weit wie nötig hineinzugehen, um sich vor dem Regen zu schützen. Was ist besser: vom Blitz erschlagen zu werden, an dieser Ausdünstung zu ersticken oder von der Höhle eingesogen zu werden, fragt sich Niko, der seinen Geist nicht einmal im Traum davon abhalten kann, Pirouetten zu drehen. In diesem Moment tauchen zwei hungrige Augen auf, die zu sagen scheinen, dass das Gewitter aber ein feines Abendessen ins Haus bringt. Niko nimmt seinen Mut und seinen Leichtsinn zusammen, missachtet die Tradition, laut derer in solchen Fällen der Vater das Wort zu ergreifen hat, und stellt sich der Gastgeberin des Felsens vor, einer Hyäne. Er entschuldigt sich, dass sie sich beim Eintreten nicht an die übliche Begrüßungszeremonie gehalten haben, und schlägt sogleich vor, sie könnten auch, um nicht weiter zu stören, sofort wieder abhauen. In gewollt liebenswürdigem Ton heißt die Hyäne sie willkommen und erklärt, es sei viel zu gefährlich,

bei einem solchen Wetter hinauszugehen. Sie bietet ihnen an, es sich bequem zu machen und heute bei ihr zu übernachten. Hierauf antwortet Niko mit einer Kopfbewegung, die weder Ja noch Nein bedeutet. Er meint zu spüren, dass er gleichzeitig er selbst und die Hyäne ist. Im selben Moment hat er Angst, fragt, droht, meckert und knurrt. Er schlägt seine Fangzähne in das Fleisch der drei Ziegen vor ihm, spürt ihren Schmerz, denn er ist zugleich eines der Opfer. Die Ziegen wehren sich vergeblich. Auf dem Höhepunkt dieser Verwirrung öffnet er die Augen. Die Angst perlt ihm in großen Tropfen über die Stirn, und an gewissen Stellen seines Körpers, da, wo er im Traum auf die Hörner genommen wurde, sticht es schmerzhaft.

84. Der Affe, den er in der Mitte des Eingangs schweben sieht, beruhigt ihn. Überall um ihn herum bemerkt Niko Silhouetten, schweigend und reglos, wie in Andacht. Unauffällig kriecht er zu seiner Schlafstatt, um eine bessere Sicht auf die Höhle zu haben. Er entdeckt, dass es Affen sind, die um ihren ausgestopften Angehörigen herumstehen. Er muss ihr Anführer gewesen sein, stellt Niko sich vor, während er gleichzeitig die Köpfe vor sich zählt. Sechsunddreißig. Er begreift, dass jede der Silhouetten selbst von hinten und mehr noch im Profil ganz eigene Charakterzüge hat: Zärtlichkeit, Eigensinn, Verträumtheit, Genussliebe, Ernst, Geschwätzigkeit; sogar Herrschsucht erahnt er im Blick der Äffin, die ganz nah bei dem aufgehängten Affen bleibt und an ihrem Bauch ein Kleines trägt, das er bislang übersehen hat. Siebenunddreißig.

85. Achtunddreißig mit ihm.

86. Als den Affen klar wird, dass er sie beobachtet, wenden sie sich einer nach dem anderen ab, um Niko zu mustern.

Nach einer Weile ist nicht mehr der Kadaver das Objekt ihrer Andacht, sondern Niko. In den Augen der Affen steht eine Frage, ja eine inständige Bitte, glaubt er zu begreifen. Sie wollen, so beschließt er, es aufzufassen, eine Ehrung für ihren verstorbenen Anführer. Darum findet er es unumgänglich, einen Namen für ihn zu finden, und natürlich sagt er sich, er könne Niko heißen. Dann zeigt er auf den Affen und gibt so bestimmt wie möglich zu verstehen, dass er sich glücklich schätzt, dazu auserwählt zu sein, ihre Trauer anzuführen. Er hat ein berauschendes Gefühl von Macht und denkt sogar einen Augenblick lang, er könne jetzt wirklich das neue Oberhaupt der Affen aus der heiligen Höhle werden. Die Affen folgen seiner Geste nicht, sie kreischen im Chor, und manche lachen sogar, bemerkt Niko und folgert daraus, dass seine Entscheidung lebhaft begrüßt wird. Das Gesicht zu einem strahlenden Lächeln erstarrt, kommt die Äffin mit dem Kind auf ihn zu. Sie schüttelt ihn brutal und versetzt ihm einen Stoß, dass er aus seiner Schlafstatt fällt, in der sie sich wie selbstverständlich niederlässt. Die Versammlung kreischt noch lauter. Niko begreift nicht, was passiert, und das als Einziger.
87. Achtunddreißig mit ihm.

***

Sie weiß, dass sie zum unangenehmsten Teil ihrer Wanderung durch die Vergangenheit kommt. Wenn wir uns diskret über ihre Schulter beugen, können wir das Herz in ihren Schläfen rascher schlagen hören.
Während ihrer letzten Tage in Frankreich war sie in völliger Einsamkeit versunken. Inmitten der Wüste, die sie sich er-

schuf. Sie stöhnte vor Schmerz, genoss es aber, sich endlich in ihrer eigenen Rolle zu fühlen. Sie hatte sich eine große Menge Nahrungsmittel und Bücher liefern lassen, die sich in einer Ecke ihrer Wohnung stapelten, und von nun an öffnete sie die Tür nur noch, um zum Briefkasten zu gehen und nachzuschauen, ob der Postbote, den sie durchs Fenster kommen sah, die Antwort gebracht hatte, von der ihr Aufbruch abhing. Den ganzen Tag über tat sie nichts anderes als lesen, essen, rauchen und schlafen. Manchmal lösten ihre Augen sich von ihr, um sie anzuschauen; und was sie sahen, verstärkte ihre Lust am Schmerz, an den sie sich klammerte wie an einen Talisman. Sie brauchte ihn.

In den Wochen, als sie auf die Postsendung wartete, konnte sie die Augen nur mit Mühe geschlossen halten, bis sie einschlief. Und wenn der Schlaf dann kam, fingen die Albträume an; sie erwachte verwirrt, erschöpft. Auch den restlichen Tag über schaffte sie es nicht, die Müdigkeit loszuwerden, die sich jede Minute mit geöffneten Augen verstärkte. Um sich abzulenken, beschäftigte sie sich mit Rauchen, Essen und Lesen.

Welche Gedanken sie damals auch immer hatte, weiß sie heute doch, dass sie nicht sterben wollte. Ihr Zustand und das, was sie tat, waren alles andere als ein Leugnen von Sinn. Vielmehr versuchte sie, der Welt und sich selbst den Anblick ihres allzu lang zurückgehaltenen, verdrängten Andersseins aufzuerlegen. Sie wollte ihren Protest so augenfällig wie möglich machen. Insgeheim hoffte sie, ihr Verschwinden würde für Aufruhr sorgen. Einmal träumte sie sogar, dass man die Tür ihrer Wohnung aufbrach, um sie herauszuholen, und dass ihre Metamorphose alle, die sie kannten, schockierte. Als sie in diesem Traum sah, dass sie

es endlich begriffen, zitterte sie vor Vergnügen, und das brachte sie ins Leben zurück.
Das Grauen verkörpern und ihr unbestreitbares, unbequemes Unglück vor aller Augen sichtbar machen; daran dachte sie, während sie mit einem großen Glas Wasser in der Hand die Tabletten anstarrte, die auf dem niedrigen Tischchen aufgereiht lagen. Es waren die, die ihr damals, als sie sich noch um sich selbst kümmerte, nach allzu intensiven Sportstunden den Muskelkater vertrieben hatten. Die ihre regelmäßigen Ohrenentzündungen gelindert hatten. Die ihre Bauchschmerzen verscheucht hatten. Die sie vor Prüfungen entspannten und andere, von denen sie nicht mehr wusste, wofür sie gut waren. Sie schluckte sie eine nach der anderen so gewissenhaft, bemerkte sie, wie ein ausgehungerter, mit Drogen vollgepumpter Laborvogel, der stirbt, indem er sich die Federn einzeln ausreißt, bevor er sich in den Abgrund stürzt.
Sie zählte die Pillen, wie sie als Kind vor dem Einschlafen Schäfchen gezählt hatte. Hundertachtunddreißig. Als sie damit fertig war, rauchte sie eine der drei Zigaretten, die sie noch hatte, und steckte die beiden anderen in die Hosentasche und öffnete das Fenster, das aufs Dach ging. Schon ganz elend setzte sie sich auf die Dachschräge. Wenn sie erst einmal das Bewusstsein verloren hatte, würde sie, so hoffte sie, hinunterrollen und mitten auf dem kleinen Hof ihres Gebäudes aufprallen. Bis dahin rauchte sie ihre letzten Zigaretten, so langsam wie möglich. Sorgfältig schickte sie mit jedem Einatmen den Rauch tief in ihre Lungen und stellte sich vor, dass diese gleich davon befreit wären, sie am Leben zu halten. Bei jedem Ausatmen folgte sie dem Davonfliegen, dem Hängenbleiben und dem Zerrinnen der weißen Wolke.

Sie lächelte. Welcher Reichtum lag in dem Genuss, den der eigene Tod ihr bescherte?
Das Einzige, was ihr aus dieser Zeit, die sie in Gedanken durchquert, entfallen ist: Sie weiß heute nicht, ob sie damals gestorben ist oder nicht. Bei all den Vorsichtsmaßnahmen, die sie getroffen hat, um ihren Tod gelingen zu lassen, weiß sie, dass sie es nicht hat überleben können. Nichtsdestoweniger ist sie gezwungen festzustellen, dass sie am Leben ist.
Immer wieder versucht sie, dieses allzu fest gezurrte Paradoxon aufzuknoten, außer wenn sie sich gerade einredet, dass der Tod, obwohl es anders aussieht, nie gewiss und endgültig ist. Irgendwo in dem, was man für einen Leichnam hält, bezieht das Leben seine letzte Stellung, und nach einer Weile nimmt es die Arbeit wieder auf. Im Gegensatz dazu, was man ihr erzählt haben mag, hat das nichts mit Reinkarnation oder Wiederauferstehung zu tun, sondern eher mit Hoffnung. Die unbezwingbare Hoffnung lässt die Verurteilten vor das Erschießungskommando treten, statt dass sie sich, um zu fliehen, wehren wie jedes andere Lebewesen. Solange sie das Bewusstsein haben, hoffen sie, gerettet zu werden.

FÜNF

88. Für gewöhnlich genügt ein Detail, und Nikos Geist verliert sich in endlosen Abschweifungen. Jetzt allerdings ruft nichts von dem, was um ihn herum geschieht, einen Gedanken in ihm hervor. Er versucht nicht herauszufinden, weswegen die Affen ihm böse sind oder ob er ihr Verhalten ihm gegenüber zu Recht als Vergeltung beziehungsweise Bestrafung deutet.
Seine einzige Sorge besteht darin, sich so zurückhaltend wie möglich zu geben, sich vor den Affen und vor allem vor der strengen Äffin unsichtbar zu machen. Als sie ihn so heftig geschüttelt hat, war ihm so schwach zumute, dass er eine nie zuvor gekannte Angst empfunden hat. Natürlich wird ihm diese Zurückhaltung nicht deutlich befohlen oder geraten. Er spürt es. Es gilt, sich vollkommen zu unterwerfen oder eine noch schwerere Strafe zu erhalten als die Vertreibung aus seiner Schlafstatt. Er bemüht sich, indem er alle unnützen Gedanken aus seinem Geist verbannt und ganz allgemein jede Initiative vermeidet. Als seine Fantasie sich kurz seiner Wachsamkeit entzieht, sieht er sich selbst als das letzte Beinchen einer Raupe, das nichts anderes tut, als der Bewegung aller Vorangehenden zu folgen, und gleichgültig ist gegenüber Gedanken, Unruhe und Gefühlen, denn schlussendlich hat es nur den anderen zu folgen.

89. Wenn Niko als Erster aufwacht, bleibt er reglos liegen, bis der Großteil der Gruppe sich zu rühren beginnt, sodass er sich strecken kann, ohne Aufmerksamkeit zu erregen. Auch sein Schnarchen ist nie das erste, das in der Höhle widerhallt. Und wenn er Hunger hat, äußert er es in keiner Weise, da es ihm nicht erlaubt ist zu essen. Das jedenfalls folgert er daraus, dass er jedes Mal geschlagen wurde, wenn er es beinahe geschafft hätte, etwas zu sich zu nehmen. Die Äffin mit dem Kind führt die Gruppe auf ihrer abendlichen Suche nach Nahrung an. Niko kann dem Trupp folgen, solange er achtgibt, ihr weder zu nahe zu kommen noch zurückzufallen. Er beobachtet die Affen beim Essen, hat aber selbst nur das Recht, einen Kiesel zu lutschen, um etwas Spucke im Mund zu haben und so seinen Durst zu löschen. Wenn er einen Gedanken hat, bemüht er sich, ihn so schnell und weit wie möglich zurückzudrängen, um ganz präsent, ganz unterworfen zu bleiben. Dazu hat er schließlich eine fast unfehlbare Technik entwickelt. Sobald ihn ein Gedanke streift, richtet er seinen Blick auf den Kadaver des Affen, der nicht weit entfernt von ihm hängt und inzwischen so ausgeleiert und vertrocknet ist, dass er nur noch wie eine ausrangierte, alte Marionette aussieht. Dieses Bild erfüllt ihn mit tiefer Resignation. Und während er die Höhle und die Affen mit fremden Augen betrachtet, wird er wieder leer.
90. Ohne ungeduldig zu werden, wartet er auf das Zeichen, was als Nächstes zu tun ist, und das Warten weckt in ihm das Gefühl, in einen neuen Zustand hinüberzugleiten.
91. Das Warten wird seine einzige Beschäftigung und schafft so eine neue Zeitdimension.
92. Wenn das Warten in Langeweile umschlägt, spielt er. Er hat den Eindruck, dass die Affen dasselbe tun. Nach einer

Zeit der Meditation, Verdauung oder Ruhe balgen sie sich, verfolgen einander unter schrillem Geschrei oder putzen sich das Fell. Niko aber, der sich vor allem darum sorgt, so unsichtbar wie möglich zu sein, spielt nur mit sich selbst. Dabei entdeckt er bis dahin unbeachtete Eigentümlichkeiten an sich. Beispielsweise, dass das Fleisch zwischen Haut und Knochen beträchtlich geschrumpft ist. Wo er sich auch anfasst, außer an Hals, Bauch, Gesäß und Geschlecht stößt er direkt auf einen Knochen. Und wenn er mit dem Finger an irgendeiner Stelle hineindrückt, bleibt ein Abdruck zurück wie in Wachs oder Lehm. Er versucht nicht, darüber irgendwie nachzudenken. Es ist lediglich ein Mittel, beim Warten die Zeit zu vergessen ...

93. Würde ein Geist in der Höhle auftauchen, wäre er zunächst überrascht, inmitten einer Gruppe von Affen einen Menschen vorzufinden. Er hätte den Eindruck, als wäre dieser sichtlich eingeschüchterte und unterernährte Mann eine Geisel, zumindest würde er einen Moment lang vermuten, dass es sich um einen jener wilden Menschen handelt, von deren Existenz gewisse Erzählungen berichten. Auch wäre der unsichtbare Besucher über den Geruch erstaunt, der die ganze Höhle erfüllt und dessen Ursprung die auffällig platzierte, plumpe Mumie eines Affen sein muss. Schließlich würde er eine Äffin bemerken, die oben in einer Ecke des Raumes in einer erstaunlich gut befestigten und mit viel Sorgfalt hergerichteten Schlafstatt sitzt. Diese Szene würde in dem doch sehr nüchternen Eindringling ein Gefühl der Unsicherheit wecken. Und so würde der Geist, weil er es könnte, ohne irgendwen zu stören oder überhaupt bemerkt zu werden, so schnell wie möglich das Weite suchen.

94. »Lieber Mitwisser, wir sind nun bei einer unangenehmen Passage angelangt. Niko ist gezwungen, sich der absoluten Passivität auszuliefern. Er lässt uns mit der Feststellung allein, dass es nicht ausreicht, für sein Glück nichts zu verlangen und allein zu bleiben, um seine Seelenruhe zu sichern. Ist Nikos Untätigkeit ein Verzicht auf die Hoffnung, in Frieden zu leben, und seine Zurückhaltung ein Versuch, sich selbst auszulöschen, nicht nur in den Augen der Affen, sondern auch vor der Welt? Unterwirft er sich, weil er überzeugt ist, dieses Schicksal zu verdienen? Ist seine Zurückhaltung eine Art zu sterben? Ist der Tod die Vollendung der Zurückhaltung? Eines jedenfalls ist sicher, unsere Anwesenheit ist ihm keinerlei Hilfe. Möglicherweise trägt sie zu seiner Qual bei. Lassen wir ihn also über das Weitere nachdenken, und versuchen wir zwischenzeitlich, ihn besser kennenzulernen.«

***

Als sie zwischen den Werbebroschüren einen großen Umschlag mit dem blauen Logo der Stiftung entdeckte, hatte sie keinen Zweifel. Es war die Antwort, und sie wartete nicht, bis sie wieder oben in ihrem Zimmer war, um das Kuvert zu öffnen.

»Mademoiselle«, begann der Brief, und die unsichtbaren Hände ihrer Erinnerung streichen, um besser lesen zu können, die Knicke glatt. »Ihr Projekt hat unter den Mitgliedern der Kommission zur Stipendienvergabe einen nie da gewesenen Dissens hervorgerufen. Aus diesem Grund antworten wir Ihnen auch nach dem angekündigten Termin. Wir bitten Sie, dies zu entschuldigen.« Als sie diese Worte las, war sie, so erinnert sie sich, überrascht von der Aufmerksamkeit darin. Ihr Dossier war offenbar ziemlich gründlich gelesen worden, wenn es eine so heftige Diskussion entfacht hatte, wie es der Brief nahelegte. Sie hatte einen Standardbrief erwartet, in dem sie erfahren hätte, dass ihr Projekt, so bedeutsam es auch war, nicht den Kriterien der Stiftung entsprach. »Der Wunsch, eine Dokumentation zu einem der einschneidendsten Ereignisse des 20. Jahrhunderts zu erstellen, ist selbstverständlich lobenswert. Dennoch waren wir uns nicht ohne Weiteres sicher, ob 1.) diese an sich edle Initiative nicht Konsequenzen nach sich ziehen würde, die ihrer eigentlichen Absicht zuwiderlaufen, und 2.) ob Sie selbst über die Voraussetzungen verfügen, das Projekt zu einem erfolgreichen Abschluss zu bringen. Was den ersten Punkt anbelangt, so wurde von einigen Mitgliedern vorgebracht, das Bewahren von Spuren einer solchen Vergangenheit laufe darauf hinaus, die Menschen daran zu hindern, das Kapitel abzuschließen, und ihnen diese Narbe und die Erinnerungen, die sie in jedem von ihnen wachruft, weiterhin bewusst zu halten. Um über den zweiten Punkt entscheiden zu können, sind wir der Meinung, Sie persönlich treffen zu müssen.« Bis jetzt war ihr noch nicht klar, was man ihr anzukündigen versuchte, eine Ablehnung oder eine Zusage. »Ihr Projekt hat noch viele weitere Vorbehalte ausgelöst, von denen aber keiner so schwerwiegend war, dass wir das Projekt ganz hätten fallen lassen.« Bei diesen Worten atmete sie auf.

Bevor sie weiterlas, musste sie dem aufdringlichen Blick der Concierge standhalten, die ihr Aussehen ganz offenkundig missbilligte. Diese hatte sie seit Langem nicht gesehen, und es musste sie schockieren, sie so zu sehen. Ihr Haar sah aus wie ein auf dem Kopf deponierter Haufen Stahlwolle. Ihr aufgeschwemmtes Gesicht war nicht wiederzuerkennen und hatte keinerlei Ähnlichkeit mehr mit dem, was der Concierge bei jeder ihrer Begegnungen ein neues Kompliment entlockt hatte. »Was für eine Schönheit!«, hatte sie eines Tages ausgerufen. »Wie hat Gott es geschafft, so viel Anmut in einer einzigen Person zu vereinen?« Heute aber sah die Frau sie mit einer Mischung aus Furcht und Neugierde an wie ein Kind, das des Nachts in seinem Zimmer eine Gestalt anstarrt und herauszufinden versucht, ob es noch immer ein aufgehängtes Kleidungsstück ist oder eben doch ein Gespenst. Als die Augen der Concierge schließlich hinter einer Tür verschwanden, setzte Isaro ihre Lektüre fort. Sie erfuhr, dass die Stiftung ihr das Hauptstipendium verlieh, dass aber – und das war seit ihrer Gründung beispiellos – der Erhalt des Geldes an gewisse Forderungen geknüpft war. »Das Stipendium wird Ihnen nur unter der Bedingung ausgezahlt, dass Sie einwilligen, nicht nur mithilfe der Stiftung zu agieren, sondern mit ihr und in ihrem Namen. Der Grundgedanke ist grob gesagt der, die Finanzierung in eine Partnerschaft umzuwandeln.« Sie war durch das Gelesene so verunsichert, dass sie einen Augenblick lang dachte, es handle sich um einen Scherz. Der Brief endete mit praktischen Hinweisen zur Terminabsprache mit dem Stiftungsvorsitzenden, damit sie sich so schnell wie möglich vorstellen konnte.

Sobald sie wieder in ihrem Zimmer war, rief sie an und machte ein Treffen für den folgenden Tag aus.

Was an jenem Tag, den sie sich in Erinnerung ruft, dann geschah, hat etwas von einer Wiederauferstehung. Zum ersten Mal, seit sie sich so völlig zurückgezogen hatte, dachte

sie darüber nach, wie sie sich präsentieren sollte. Keines ihrer alten Kleidungsstücke passte ihr mehr. Sie zwängte sich in einige hinein, dann entschloss sie sich, neue kaufen zu gehen. Als sie sah, wie ihr einst so disziplinierter Körper sich ihr so offen widersetzte, bekam sie Lust zu lachen, und sie hielt sich nicht zurück. Er hatte sie keineswegs im Stich gelassen, wie sie vielleicht gedacht hatte, vielmehr verbündete er sich mit ihr, indem er ihrer inneren Veränderung physisch Ausdruck verlieh. Seltsamerweise fühlte sie sich so besser als in dem kleinen Körper, in den sie sich allzu lange hatte pressen lassen. Sie war verblüfft über die Person, die sie nach dem Friseur in neuen Kleidern und frisch hergerichtet im Spiegel entdeckte. Während sie sich der Gestalt näherte, fragte sie sich, ob dieses Gegenüber wirklich sie war. Zum ersten Mal fand sie sich schön.
Diesem so heiß ersehnten Brief folgten Veränderungen wie die, so erinnert sie sich, dass sie es nicht mehr für notwendig hielt, sich einzuschließen. Sie machte sich nicht die Mühe, Leute zu treffen, aber sie verzichtete auch nicht mehr darauf, hinauszugehen und abends lange Spaziergänge durch die Stadt zu machen.
Ist es möglich, dass ihr Leben oder ihre Seele sich einer anderen Person angeschlossen hat? Kann es sein, dass sie die Medikamente und den Sturz überlebt hat? Wer ist dieses begeisterte junge Mädchen, das sich am folgenden Tag dem Vorsitzenden der Stiftung und den Mitgliedern der Kommission zur Stipendienvergabe vorgestellt hat? Noch heute kann sie nicht mehr tun, als diese Fragen zu stellen, auf die es keine Antwort gibt.
Sie hatte einen herzlichen und aufmerksamen Empfang im Geiste des Briefes erwartet. Nun, auch wenn niemand ihr

mit offener Feindseligkeit begegnete, waren die sieben Männer, denen sie gegenüberzutreten hatte, doch von einer Gelassenheit, die sie aus der Fassung brachte.

Mit ihren neuen Augen sieht sie die Szene, würdevoll und lächerlich, wieder vor sich. Der Mann, der sie, ohne sich vorzustellen, hereingebeten hatte und an seinen Platz in der Mitte der Jury gegangen war, bat sie, ihnen ihre Idee noch einmal darzulegen. Auf diese Bitte hin zuckte sie zusammen. Hatten sie das Dossier nicht gelesen? Wussten sie denn nichts von dem Brief? Waren sie über irgendetwas im Bilde? Statt ihnen diese Fragen zu stellen, grüßte sie sie und dankte ihnen für ihre Aufmerksamkeit: »Ich fühle mich ausgesprochen geehrt, hier vor Ihnen zu stehen, um ein Projekt zu verteidigen, das mir sehr am Herzen liegt. Welchen Ausgang unsere Diskussion auch nehmen mag, ich bin Ihnen schon jetzt dankbar, dass Sie meiner Idee Ihre wertvolle Aufmerksamkeit geschenkt haben«, muss sie in etwa gesagt haben. Der Mann ganz zu ihrer Rechten schien sich darüber im Klaren zu sein, dass sie mit dem ganzen Zeremoniell lediglich versuchte, Zeit zu schinden und ihre Gedanken zu ordnen. Er stützte den Ellenbogen auf den Tisch und seufzte laut. Daher kam sie zum Wesentlichen, in Worten, die wohl so oder so ähnlich lauteten: »›Zum Gedenken an …‹ ist ein Projekt, das sich mir großenteils noch immer entzieht. Der Gedanke liegt natürlich nahe, dass mein Ursprung, meine Geschichte, meine Ausbildung und was weiß ich es mir vorherbestimmt hätten, dieses Projekt in Angriff zu nehmen. Mir scheint das nicht so offensichtlich. Ich will damit sagen, ich gehe dieses Projekt nicht mit unerschütterlicher Selbstgewissheit an und begreife Ihr anfängliches Zögern, mir dieses Stipendium zu verleihen oder auch nicht, das Sie vielleicht auch in diesem Moment noch umtreibt.« Sie jubelte innerlich, denn die Worte waren schon immer ihr Lieblingsspielzeug gewesen. Sie hielt kurz inne, um zu sehen, ob jemand Zustimmung oder Ablehnung zeigte. Da sie nichts dergleichen sah, fuhr sie fort: »Gleichwohl berührt dieser Zweifel nicht meine eigene Sichtweise des Projekts, welches ich nicht nur als passend, sondern auch als notwendig und dringlich erachte.« Mit Nachdruck artikulierte sie jedes der drei Adjektive, die sie zuvor auf einem Zettel notiert hatte, für den Fall, dass man sie nach dem Nutzen ihres Vorhabens fragen würde. »Passend, weil die Zeit es nun zulässt, die Massaker, die das Land in Blut und Trauer haben versinken lassen, als Vergangenheit zu betrachten.« An diesem Punkt wusste sie, dass sie log, das Ereignis lag zeitlich gesehen zwar in der Vergangenheit, aber es war noch präsent, keine vergangene Vergangenheit. Sogar sie selbst trug noch, obwohl sie so jung war, ihren Stempel. Auch wenn sie in einer Umgebung lebte, in der die Ereignisse fast keine Erwähnung fanden, hatte sich die Erinnerung daran in ihr festgesetzt und war weiter gewachsen, statt zu verblassen und mit den Jahren ausgelöscht zu werden. Sie hatte versucht, das Gegenteil zu beweisen, was manche Gleichgültigkeit, Wiedergeburt, seelische Belastbarkeit nannten, aber tief in ihr hatte die Wunde nie aufgehört zu bluten und zu eitern, bis zu jenem Moment, als sie sie nicht mehr ignorieren konnte. Die Episode mit dem Radio hatte sie lediglich ans Licht gebracht.

Sie redete, ohne den Faden ihrer Argumentation zu verlieren: »Auch scheint dieses Projekt notwendig, da die Justiz aus Gründen, die zu beurteilen mir nicht ansteht, ihre Rolle nicht erfüllt. Dies hat zur Folge, dass sich Unverständnis und Verbitterung verstärken, woraus ein neuer Konflikt aufzukeimen droht. Die Gefängnisse sind die Verkörperung dieser Ohnmacht und dieser Gefahr. Aus diesem Grund muss genau dort angesetzt werden. Meine Absicht ist es, die Aussagen aller festzuhalten, die die Tragödie erlebt haben: Überlebende, Henker, Komplizen, Widerstandskämpfer. Ich will allen das Wort geben. Im Grunde geht es um eine Art Bestandsaufnahme der Erinnerung. Das Ergebnis soll in der Veröffentlichung eines monumentalen Buches, das die Gesamtheit der Erzählungen umfasst, Gestalt annehmen. Das Manuskript wird in elektronischer Form abgespeichert werden. Diese Datei muss natürlich so oft als nötig vervielfältigt und verteilt werden, um ihre Konservierung, was auch geschehe, sicherzustellen.«

Sie musste sich ereifert haben, denn vier der sieben Männer lehnten sich auf ihrem Stuhl zurück und verzogen das Gesicht, als wollten sie sagen, dass sie übers Ziel hinausschoss. Sie sieht noch vor sich, wie der Mann in der Mitte ihr ein Handzeichen gab und »Itonde ntacyo twari twakwangira« sagte. Seine Betonung und sein Akzent stimmten und riefen Bilder in ihr wach, die sie verloren geglaubt hatte. Sie wunderte sich, dass er ihre Muttersprache beherrschte, und um es nicht zu zeigen, trank sie einen Schluck Wasser aus dem Glas, das vor ihr stand.

Dann fuhr sie fort: »Ich habe Kontakt mit der Botschaft aufgenommen, die sich daraufhin bei der Regierung für mich eingesetzt hat. Sie erklären sich bereit zu prüfen, ob dieses Projekt mit der nächsten Volkszählung verbunden werden kann. Ich weiß nicht, ob eine solche Verknüpfung mit einer Amtshandlung gut wäre, oder ob sie nicht viel-

mehr das Vertrauen der Bevölkerung in die Unabhängigkeit der Initiative erschüttern würde. Wie dem auch sei, die Unterstützung der Regierung ist von grundlegender Bedeutung.
Nicht zuletzt halte ich dieses Projekt für dringlich, weil die Erinnerungen verblassen, weil diejenigen, die diese Zeit gekannt haben und in der Lage sind, sie in eine aufschlussreiche historische Perspektive zu setzen, langsam älter werden und weil die Gefängnisbevölkerung, mit der ich mich als Erstes beschäftigen möchte, zwischenzeitlich von Krankheiten dezimiert wird. Dabei möchte ich klarstellen, was vor allem mich dazu bringt, die Gefangenen treffen zu wollen: Es ist meine Überzeugung, dass man, um das Geschehene erfassen zu können, sich seiner Ursache nähern muss. Diese Ursache, so denke ich, tragen die Gefangenen in sich, jedenfalls jene unter ihnen, die zu Recht inhaftiert sind.« Sie sprach schnell und laut, versuchte aber nicht mehr, sich zurückzuhalten.

»Auch wenn ich bereit bin, notfalls mein Leben mit diesem Projekt zu verbringen, ist mir bewusst, dass dieses ohne Unterstützung von außen nicht zu einem erfolgreichen Abschluss gebracht werden kann. Abgesehen von dem für die Koordination erforderlichen Personal braucht es meiner Schätzung nach über einen Zeitraum von fünf Jahren fünfzig Mitarbeiter für die Befragungen und ebenso viele für die Transkription. Nach diesen fünf Jahren würden die Interviewer für anderthalb Jahre den endgültigen Text korrigieren. Die Herstellung des Buches schließlich würde einer noch zu bestimmenden Druckerei übertragen. Die Budgetkalkulation ist im Dossier detailliert aufgeführt.« Mit diesen Worten warf sie dem Fragesteller kaum verhohlen vor,

ihr eine Argumentation abzuverlangen, die sie mit so viel Sorgfalt niedergeschrieben hatte und die er eigentlich gelesen haben sollte. Zum Schluss machte sie deutlich, dass sie nicht behauptete, mit dem Projekt »Zum Gedenken an ...« seien die Probleme des Landes zu lösen. Es ging lediglich darum, den Menschen einen Ort zu geben, an dem sie die Last, die sie trugen, ablegen konnten, dem Land den gemeinsamen Besitz dieser Erzählung zu ermöglichen und womöglich sogar den Hass, den die individuelle Erfahrung erzeugt hatte, darin aufzulösen. »Vielleicht ist es mein Traum, dass sich das dergestalt anerkannte Leiden jedes Einzelnen abschwächt und in einen neuen Zusammenhalt verwandelt«, schloss sie.
Dann kam der Moment für die Fragen. Die erste traf sie, obwohl naheliegend, völlig unvorbereitet: »Welche Maße und wie viele Seiten soll das fertige Buch haben?« Die Stimme erwähnte, stolz auf den Witz, eine mögliche Taschenbuchausgabe. Sie antwortete, dass sie, was das mögliche Aussehen des Buches betraf, nur eine vage Vorstellung hatte. Diese Fragen wären dann mit dem Drucker zu diskutieren. Denn Größe und Seitenzahl würden ja vom gewählten Format abhängen. Alles, was sie damals wusste, war, dass der Bericht jedes Einzelnen höchstens um die tausendfünfhundert Zeichen haben durfte. Sie nutzte die Gelegenheit, um daran zu erinnern, dass es nicht darum ging, die Biografien der jeweiligen Personen zu schreiben, sondern darum, dass sie erzählten, was ihnen am wichtigsten erschien. Ob Erinnerung, Geständnis, Meldung, Gedicht oder Gebet, es wäre ein wertvoller Blick auf diesen Teil der Geschichte. Im Grunde sollte das Buch eine Sammlung all dessen werden, was die Menschen über ihr Erleben der

Massaker zu sagen bereit waren. Zu einer Veröffentlichung als Taschenbuch beschloss sie, nichts zu antworten.
Ein anderes Mitglied der Jury fragte sie, wie sie vorhatte, die Objektivität und das Wohlwollen der Zeugenberichte sicherzustellen. Sie erinnerte daran, dass sie, wie in der Einleitung des Dossiers dargestellt, keine soziologische oder journalistische Arbeit vorzulegen gedachte. »Mir erscheinen selbst die Lügen der Menschen, ihre Auslassungen und Übertreibungen interessant. Vergessen Sie nicht, dass das Ziel dieses Unterfangens genau darin besteht, die Subjektivität herauszustellen, da in ihr Hass und Gewalt gründen. Ich glaube, dass wir nicht versuchen dürfen, das Grauen dieser Ereignisse an uns zu reißen, sondern dass wir auf es zugehen müssen. Es geht darum zu zeigen, wie die Menschen, die es erlebt haben, angesichts des Grauens und aus ihm heraus leben, und nicht, ihnen zu sagen, wie sie dies tun sollen.«
Der Mann, der sich seit Beginn der Unterredung Notizen gemacht hatte, ergriff nun das Wort und fragte, warum es ihr so wichtig war, dass das Ergebnis dieser Bestandsaufnahme der Erinnerung, wie sie es nannte, ein einziges und jederzeit zugängliches Buch wurde. Hatte sie die quasi unüberwindlichen technischen Schwierigkeiten ermessen, die die Herstellung eines solchen Buches darstellte? Sie antwortete, es sei unumgänglich, das so angelegte Gedächtnis materiell umzusetzen, denn jeder Einzelne sollte sich bewusst werden, dass seine Geschichte ernsthaft zur Kenntnis genommen wurde, zugleich aber auch erkennen können, dass sie, so dramatisch sie auch war, doch relativ blieb. Sie war nicht sicher, dass sie an diese Idee glaubte. Das Unglück des Einzelnen wird dadurch, dass es nur eines unter vielen ist,

nicht gelindert. »Nichts wird darauf schließen lassen, wer was gesagt hat. Die Erzählungen werden anonymisiert. Die Menschen aber werden ihre Angehörigen wiedererkennen und vielleicht in den Worten der anderen Dinge entdecken, die es ihnen möglich machen, aus ihrem Gefängnis aus Scham, Verbitterung und Hass herauszufinden.« Davon abgesehen, fügte sie hinzu, zähle der Buchdruck nicht zu ihren Kernkompetenzen, und sie wolle sich auf das Urteil eines Spezialisten verlassen.

Zum Abschluss fragte sie der Vorsitzende, wann sie denn bereit sei aufzubrechen. »Ich bin mehr als bereit. Sofort«, antwortete sie, wobei sie an sich hielt, um nicht vor Freude laut loszuschreien. Das bedeutete schließlich, dass ihr das Stipendium sicher war, hatte sie zu verstehen gemeint.

Sie diskutierten noch ein wenig. Man musste für die Finanzierung weitere Partner finden. Die Stiftung würde sich darum bemühen und dafür sorgen, dass diese Projektphase zügig vonstatten ging. Auch mussten umgehend die technische Machbarkeit eines solchen Buches und die Existenz oder der Bau eines Ortes, wo es ausgestellt werden sollte, geprüft werden.

Ein paar Tage später flog sie von Paris ab.

SECHS

95. Niko hat von seiner Geburt an in sich selbst gelebt. Man sagte ihm, das sei nicht weiter schlimm, und er fand keinen Grund, es nicht zu glauben. Er neigte von Anfang an dazu, alles zu glauben.

96. Der Tag seiner Geburt fiel in die Regenzeit, die in diesen Breitengraden von unbeschreiblicher Heftigkeit sein kann. Und so verkündete ein Gewitter der besorgten Welt seine Ankunft. Und während das ganze Haus in alle Richtungen rannte, um Dach und Fenster zu verstärken, das Vieh unterzustellen, die Kinder zusammenzutreiben, den Brunnen abzudecken und das Feuer zu schützen, kam seine Mutter allein in einer Ecke nieder, während ihre Stimme vom Pfeifen des Windes zwischen den Ritzen und dem Aufprallen der dicken Regentropfen auf dem Blechdach übertönt wurde. Sie war von dem Boden aus gestampfter Erde nicht mehr aufgestanden, auf der sie ihr letztes Geschenk gemacht hatte, und das Neugeborene rollte eine Weile über den Boden, ohne dass irgendjemand es bemerkt hätte. Mehrmals wäre es sogar fast zertreten worden. Seine schwachen Schreie und seine kläglichen Verrenkungen, die der Lärm und die Dunkelheit im Haus überdeckten, waren ihm keinerlei Hilfe.
Es war schließlich der Hund des Hauses, der, vom Geruch des Fruchtwassers angelockt, die Anwesenheit des neuen

Wesens verkündete. Ein verblüffter Kreis bildete sich um dieses kleine Ding, das mit all seiner Energie eine schreckliche Grimasse zog, seine Gliedmaßen schüttelte und einen unhörbaren Schrei ausstieß. Aus Schamgefühl gegenüber der Position, in der die Mutter dalag, blickte niemand weiter hinauf als bis zu ihren Knien. Es dauerte eine Weile, bevor man begriff, dass sie ihren letzten Atemzug getan hatte. Schließlich rief man eine Hebamme, um sie von dem winzigen, runzligen Ding, das da auf der Erde zappelte, zu trennen. Zu guter Letzt freute man sich doch, denn trotz allem war eben ein neues Familienmitglied geboren.

97. Am Anfang glaubten alle, die Stimme des Neugeborenen sei vom Lärm des Gewitters und der Menschen ringsum verhüllt worden. Dann dachte man, das Baby sei wütend, weil man es zu lange übersehen hatte, und räche sich für die Nachlässigkeit seiner Angehörigen, indem es sich weigerte, sich ihnen auf irgendeine Weise, und sei es mit Tränen, zuzuwenden. Einige räumten daraufhin ein, dass den Kleinen der Tod seiner niedergekommenen Mutter schockiert haben musste und dass er auf eine gewiss ungewöhnliche Weise trauere, aber eben auf die einzige Art, die eine Vorstellung von seinem Leiden zu geben vermochte, durch sein Schweigen. Die Großmutter, die sich nicht so schnell etwas vormachen ließ, nahm den Säugling bisweilen beiseite und forderte ihn auf, das Theater sein zu lassen; er hatte sie zum Lachen gebracht, aber jetzt war es genug. Er musste reden oder wenigstens einen Ton von sich geben; es wurde zu beängstigend. Als sie am Ende ihrer Argumente angelangt war, gestand sie ihm, dass sie den Eindruck hatte, eine furchtbare Puppe im Arm zu halten, die alles von einem menschlichen Wesen besaß außer der Stimme.

98. Niko zeigte sich nie dazu aufgelegt, auch nur den geringsten Gebrauch von seinem Mund zu machen, jener unbewohnten Höhle, über deren Schwelle niemals ein Ton drang.
99. Als er zu laufen begann, beschloss sein im ganzen Dorf geachteter Onkel, sich persönlich um seinen Fall zu kümmern. Er fand einen Trick, der dem Treiben des Kindes ein Ende setzen sollte: Sobald der Kleine aufstand und zu laufen versuchte, hakte er ihn geschickt fest, um ihn zu Fall zu bringen. Gaspard hatte allen versichert, dass der Kleine, wenn er erst einmal Angst und Schmerzen hätte, dem Reflex zu schreien nicht widerstehen würde. Die Stirn des Knaben zierten bald zahlreiche Beulen, aber er blieb hoffnungslos stumm. Auch der Besuch von Heilern und Ärzten aller Art sowie die Einnahme unerhörter Mengen an Mittelchen, eines einfallsreicher als das andere, änderte daran nichts.
Da nahm man ihn zuletzt ernst und räumte ein, dass es sich um eine seltene Form vollständiger Stummheit handelte, die sogar das Schreien, Weinen und Wimmern verhinderte. Niko erinnerte sich an all das, denn er hatte sämtliche Erlebnisse, seit er den Bauch seiner armen Mutter verlassen hatte, präzise im Gedächtnis verwahrt.
100. Da er nicht antworten konnte, wurde Niko nie gerufen und blieb daher lange namenlos. Wenn man wollte, dass er kam, schrie man »Niko!«, was nichts anderes bedeutet als »He!« oder »Du da!« Weil man das Wort immer mit ihm verband, wurde es zu seinem Namen. Sein Vater, dem die Pflicht zufiel, einen Namen für seinen Sohn zu finden, hatte nichts dagegen einzuwenden.
101. Niko wuchs im Schatten einer Frau auf, die ihn nie mit »mein Sohn« ansprach, sondern ganz einfach mit »Niko«, so wie es alle anderen taten. In den Arm nahm sie ihn nur,

wenn es gar nicht anders ging. Da Niko früh anfing, wie ein Großer zu essen und die Stiefmutter rasch ihre eigenen Kinder bekam, hatten sie bald schon nichts mehr miteinander zu schaffen. Von der Stiefmutter, die immer etwas Besseres zu tun hatte, als ihm auch nur eine Sekunde ihrer Zeit zu widmen, war Niko aus der Küche verbannt worden, und so ging er, kaum dass er laufen konnte, schwankend auf seinen Vater zu. Behutsam, aber bestimmt schob dieser das Kind beiseite, das ihn daran hinderte, wie ein würdiger Mann zu leben. Die Vaterschaft bedeutete für ihn nichts weiter als die Pflicht, Kinder in die Welt zu setzen. Nikos Schicksal betraf ihn nur auf abstrakte Weise. Das sagte er sich, als er sah, wie Niko aus der Küche kam und zu ihm her tappte. Er wartete geduldig, bis der Kleine in Reichweite kam, dann stieß er ihn sanft zurück, bevor er noch einen Schluck von seinem heiß geliebten Bananenwein nahm. Zu dieser allzu plötzlichen Kehrtwende gezwungen, fiel das Kind hin. Das war nicht weiter schlimm, denn es bestand ja nicht die Gefahr, dass es weinte und den ganzen Hügel alarmierte wie die anderen. Niko begnügte sich mit einem traurigen Blick um sich her, bemerkte, wie ihm zwei Tränen entrannen und die Sicht verschleierten, und stand wieder auf. Manchmal wandte er sich tastend zu seiner Stiefmutter zurück, die immer einen Grund hatte, warum ihr sein Besuch gerade nicht passte. Als er schließlich keinen Mut mehr hatte zu hoffen, dass er die anderen nicht störte, lernte Niko, allein zu leben, und blieb meist draußen.

102. Da Niko zu nichts taugte, kam er sehr früh in die Schule. Er war nicht eingeschrieben, weil sein Vater es indiskutabel fand, dafür zu zahlen, den ganzen Tag einem Idioten zuzuhören.

Der Dorflehrer protestierte nicht, als er den kleinen Niko eines Tages hinten in der Klasse sah. Bestimmt wartete er nur darauf, dass der Eindringling etwas anstellte, um ihn vor die Tür zu setzen. Aber nachdem Niko erst einmal eingetreten war und sich gesetzt hatte, verhielt er sich brav wie eine Trockenpflanze, und der Lehrer, himmelweit davon entfernt, ihn hinauswerfen zu wollen, stellte ihn den anderen als Vorbild an Folgsamkeit hin, an dem sie sich ein Beispiel nehmen sollten. Als er erfuhr, dass Niko stumm war, änderte das nichts. Im Gegenteil, der Lehrer entwickelte eine große Zuneigung zu diesem Schüler, der unter den anderen wie eine Miniatur aussah, aber so viel lerneifriger zu sein schien.

103. Er wäre enttäuscht gewesen, hätte er erfahren, was während seiner Stunden im Kopf seines Lieblings vor sich ging. Natürlich hörte Niko zu. Dafür kam er ja her. Aber schon nach dem ersten Tag erschienen ihm die Worte des Lehrers zu vorhersehbar, um seinen Geist ganz auszufüllen. Hinter seiner aufmerksamen Miene erkundete Niko die meiste Zeit ungeahnte Universen. Seine Träumereien begannen oft mit derselben Vision: Eine alte Frau sitzt allein auf einem verlassenen Weg. Als sie bemerkt, dass er da ist, steht sie auf und geht auf ihn zu, wobei sie ihn »mein Sohn« ruft. Während sie langsam näher kommt, verändern sich ihre Züge und auch ihre Worte. Ohne dass Niko je die Etappen dieser Metamorphose hätte erkennen können, steht schließlich ein junges Mädchen von strahlender Schönheit vor ihm und sagt zu ihm: »Ich liebe dich, folge mir.« Im Traum hört Niko diese Worte, ohne davon berührt zu werden, und weist die Einladung zurück. Da vergießt das junge Mädchen blutige Tränen. Nachdem Niko eine Weile

reglos stehen geblieben ist, folgt er ihr von Weitem dank der Tränenspuren am Boden, und sein Weg führt ihn an verschiedene Orte, an denen er bleibt, solange nichts ihn in die Wirklichkeit zurückholt. Die Ausrufe des Lehrers, das Flüstern seiner Kameraden und das Läuten am Ende der Stunde bereiteten seiner Reise immer ein allzu frühes Ende.

104. Bei der Rückkehr von seiner geistigen Reise nahm Niko seinen Gesichtsausdruck wieder in Besitz, ohne irgendjemandem etwas von seiner Verirrung sehen zu lassen. In dieser Kunst erwarb er sich mit der Zeit große Geschicklichkeit und amüsierte sich ungemein darüber, dass die anderen nichts von dem wussten, was sich in ihm ereignete, während der Lehrer einen mathematischen Lehrsatz oder eine Regel der französischen Grammatik erklärte. Gleichzeitig war er traurig, dass er nur in Gedanken ein interessantes Leben führte. Lag es daran, fragte er sich eines Tages, dass seine überbordende Fantasie es ihm nicht gestattete, den geringsten Reiz am wirklichen Leben zu finden?

Wie treffend diese Frage auch sein mochte, Niko fühlte sich einsam, wie eine Art ewiger Wanderer, allein und unbemerkt. Ein Teil seines Körpers, gegen den Bauch hin, litt unablässig daran.

105. In einem Alter, als seine Kameraden noch Mühe hatten, Silben zu entziffern, entdeckte Niko die Bücher. Sein Lehrer lieh ihm einige aus, und als Niko sich durch seinen bescheidenen Bücherschrank durchgelesen hatte, schrieb er ihn bei der mobilen Bibliothek Bimo ein, die fast jeden Monat vorbeikam und in der Niko die Bekanntschaft mit Tintin, Martine, Spirou und Kouakou machte. Nach dieser vom Bimoteur empfohlenen Einstiegslektüre entdeckte er rasch *Der Fremde, Der Zwiespalt des Samba Diallo,* die Bi-

bel, aus der er die Bücher Genesis, Hiob und Exodus sowie das Matthäus-Evangelium beinahe auswendig kannte, und die *Märchen aus Tausendundeiner Nacht,* die er oft mehrmals lesen musste, um etwas zu verstehen. Hinzu kam, dass er bisweilen lange an einem Buch zu lesen hatte, denn es war nicht möglich, mehrere gleichzeitig auszuleihen. Er versuchte nicht, sich zu erklären, warum ihm das Lesen so gefiel, obwohl er zumindest am Anfang so wenig verstand. Das Lesen war damals das Einzige, was ihn vollständig gefangen nahm, die einzige Aktivität, bei der er sich im Frieden mit sich selbst fühlte.

106. Eines lässt sich mit Gewissheit über Niko sagen: In all den Jahren an der Schule freundete er sich mit niemandem an. Natürlich kam es vor, dass er bei einem Spiel mitmachen durfte oder dass man ihn bei einem Streit als Zeugen rief, eine Rolle, die er mit Fingerzeigen und Kopfschütteln erfüllte. Doch diese Momente waren bloß Pausen, nach denen man ihn wieder entließ, damit er seine einsame Reise fortsetzte.

107. Die einzige Person, in deren Nähe Niko sich wohlfühlte, war sein Onkel Gaspard. Nach der Schule ging Niko für gewöhnlich zu ihm und sah ihm beim Arbeiten zu. Er setzte sich in eine Ecke der Werkstatt und beobachtete Gaspard, der ihm wie ein Riese vorkam und der glühenden Hitze des Ofens trotzte, um Metallstücke hineinzulegen oder herauszuholen, die er mit erschreckender Kraft und mithilfe eines Hammers vom selben Maßstab wie alles Übrige zurechtschlug. Onkel Gaspard trug bloß das Notwendigste, um nicht splitternackt zu sein, trotzdem schwitzte er unentwegt. Staunend sah Niko ihm bei seinen Verrichtungen zu. Hin und wieder warf Gaspard seinem Neffen

einen Blick zu, der Durst bedeutete. Dann rannte Niko los, um ihm eine Feldflasche mit Bananensaft zu holen, wartete, dass Gaspard sie leer trank, nahm das Gefäß zurück und ging wieder auf seinen Beobachtungsposten.

108. Niko stand erst auf, wenn Gaspard seine rot glühenden Zangen auf den Boden warf, die Lappen, mit denen er sich die Hände umwickelte, abnahm und mit einem langen, schwarzen Seufzer die Hände in die Hüften stemmte. Er schloss die kleine Ofentür, atmete einen Augenblick lang tief ein und befreite seine Kehle vom dunklen Schleim. Wenn er sich wieder an eine normale Temperatur und frische Luft gewöhnt hatte, gab er den Befehl zum Aufräumen. Niko machte sich mit Begeisterung ans Werk. Im Handumdrehen war der Ofen erloschen und leer gefegt, die Erzeugnisse des Tages auf dem Ständer abgestellt, die Werkstatt gesäubert und gelüftet. Zum Schluss musste ein kleines Becken mit Wasser gefüllt werden, mit dem man am nächsten Tag die Schutzlappen befeuchten würde. Immer häufiger ließ Gaspard seinen Neffen das alles tun, dann lud er ihn bei sich zum Essen ein und, wenn er wollte, auch zum Schlafen. An einem anderen Ort und wenn Nikos Vater nicht noch am Leben gewesen wäre, hätte man von Adoption gesprochen.

109. An den Tagen, wenn er weder zur Schule noch in die Werkstatt seines Onkels noch zur Bimo gehen konnte, stand Niko ängstlicher auf.

110. Dann erfand er Spiele, in die er abtauchte, als dürften sie nie zu Ende gehen. Eines seiner Lieblingsspiele bestand darin, die Grenze eines Geräusches aufzuspüren. Dazu musste er ein anhaltendes, gleichbleibendes Geräusch finden, zum Beispiel das des Flusses. Also stellte er sich an den dröh-

nenden Fluss und ging langsam davon weg, bis genau an den Ort, wo er spürte, dass er das Murmeln des Wassers nicht mehr hören würde, sobald er auch nur einen Schritt weiter ging. Das freute ihn, und er merkte sich diesen Punkt als die Grenze des Dröhnens vom Fluss.

Manchmal, um das Spiel etwas schwieriger zu gestalten, stellte er sich, sobald diese feine Grenze erreicht war, so ins Profil, dass das Ohr, das zum Ursprung des Geräusches hin lag, noch ein wenig davon wahrnahm, wohingegen das andere Ohr, welches die Grenze bereits überschritten hatte, nichts mehr hörte. Er meinte dann, er habe genau den Punkt, der im Übrigen mit seinem Kopf zusammenfiel, gefunden, an dem das ausgewählte Geräusch aufhörte. Wenn nötig, lief Niko kilometerlang, um diese Grenze des Tons zu suchen.

111. Die Idee, einer Ziege das Sprechen beizubringen, war ihm wie die anderen Spielideen auch zufällig gekommen. Als er sich einmal zur Schmiede und Töpferei begab, hatte er im Hof ein Zicklein bemerkt. Onkel Gaspard besaß genügend davon, um jedes Mal, wenn es eine Gelegenheit dazu gab, eines zu schlachten und für das gemeinsame Mahl zu stiften. Dieses hier musste aus dem Pferch entwischt sein. Das Tier hatte Niko angesehen und war auf ihn zugekommen, als wollte es ihn begrüßen. Ebenso natürlich hatte Niko sich dem kleinen Tier genähert, ohne dass es vor ihm geflohen war, ein außerordentlicher Umstand, wie jeder weiß, der den Charakter der Ziegen ein wenig kennt, und er hatte es in die Arme genommen.

Als Gaspard Niko und das Zicklein in die Werkstatt kommen sah, war ihm alles klar. Er sah die beiden mit seinen rußgeschwärzten und vom Schweiß gereizten Augen an, dann sagte er: »Es gehört dir.« Onkel Gaspard redete wenig. Um ihm zu danken, ging Niko ihm frischen Bananensaft holen.

112. Von jenem Tag an verbrachte Niko den Großteil seiner Zeit mit seinem neuen Gefährten, und um ihn besser zu verstehen, machte er fortan alles wie er: Er fraß das Gras ringsum, wurde von der Ziege gesäugt, die er auch als seine Mutter anzusehen beschloss, und schlief zusammengekauert neben den anderen Ziegen auf dem bloßen Boden des Pferchs. Wenn Niko dem Zicklein in die Augen sah, hatte er das Gefühl, dass es ihm vieles hätte erzählen können. Darum fing er an, ihm das Sprechen beizubringen. Zum Zeichen eines ersten Brückenschlags zwischen ihnen entschloss Niko sich, dem Zicklein den Namen zu geben, den er selbst trug. Dann bemühte er sich jeden Abend, seinem behuften Gefährten die Wunder der menschlichen Sprache nahezubringen. Da Niko selbst nicht sprechen konnte, geschah diese Lehre über Umwege, deren Geheimnisse niemand je enträtselt hatte. Wie dem auch sei, angesichts der neuen Lebenskraft des Lehrmeisters schienen die Fortschritte seines Schülers eindeutig.

Nach einer Weile aber nahm die Freundschaft der beiden Nikos ein jähes Ende. Im Dorf war man über die Folgen einer solchen Beziehung besorgt und beschloss, Nikos Tagen durch Gaspards Hand ein Ende zu setzen. Der Hieb, der Nikos Genick durchtrennte, lähmte Niko, als wäre er an seiner Stelle. Noch lange danach war er davon gezeichnet, dass er dem Mord beigewohnt hatte: Die Erinnerung an jene Szene ließ seinen ganzen Körper urplötzlich in einem Zittern erstarren, das bis zur Ohnmacht führen konnte. Vorsichtig geworden, hängte Niko sein Herz nie mehr

an etwas oder jemanden und begnügte sich damit, da zu sein, wann und wo er es musste.
113. Nach diesem Ereignis nahmen Einsamkeit, Fantasterei und Ängstlichkeit ihren normalen Platz in seinem Leben wieder ein.

***

Stellen wir sie uns schön vor, auf eine Art, die uns gefällt. Wenn es uns hilft, bei ihr zu sein, stellen wir uns vor, wir säßen hinter oder neben ihr und würden ihre Sicht auf das Draußen und auf sie selbst teilen. Sie kann uns sowieso nicht sehen. Wenn es uns lieber ist, befinden wir uns in ihr, wir sind ihre Augen, ihr Atem oder ihre Erinnerung.
Sie sieht aus dem schmalen Fenster, versunken in ihre geheimen Wanderungen. Sie achtet nicht auf die Stimmen, die hinter der Tür des Büros, in dem sie sich mit uns eingeschlossen hat, nach ihr rufen. Sie hört das Schlagen an der Tür und das Rütteln an der Klinke, aber sie ignoriert es.
Ihr Gefühlszustand in dem Flugzeug, das sie herbrachte, hatte keine Entsprechung in dem, was sich in Worten ausdrücken lässt. Sie hatte niemandem Bescheid gesagt.
Der Andere hatte es in den letzten Tagen noch einmal versucht. Er hatte ihr Briefe geschickt, die sie nicht las, und Nachrichten hinterlassen, die sie sofort löschte. Als hätte er es geahnt, wagte er es am Tag vor ihrem Abflug sogar, vor ihrer Tür zu stehen. Sie konnte sich denken, wer es war, als sie es oben läuten hörte, ohne dass es vorher an der Haustür geklingelt hätte. Sie hatte keine Gelegenheit gehabt, ihm den Zweitschlüssel abzunehmen.

Durch den Spion der geschlossenen Tür hindurch hatte sie beobachtet, wie er sich noch rasch zurechtzupfte, in der Hoffnung, sie würde aufmachen. Sie sah, wie er zögerte, noch einmal zu klingeln. Dabei trat er einen Schritt vor, fuhr mit dem Finger, der durch den Lupeneffekt lächerlich riesig wurde, auf den Knopf zu und machte dann einen Schritt zurück, um zu warten, höflich und winzig. Sie hatte gesehen, wie er ungeduldig wurde, von einem Fuß auf den anderen trat und sich zu einem dritten, langen Klingeln durchrang. Hinter der Tür, wenige Schritte von ihm entfernt, hielt sie den Atem an, entzückt und belustigt, ihn so klein zu sehen, wenn er nach dem Klingeln zurücktrat. Als er es leid war und sich umdrehte, murmelte sie auf eine Art, die es ihm unmöglich machen sollte, den Ursprung der Stimme auszumachen: »Versager.« Nun drehte er sich um und näherte sich der Tür, um noch einmal zu klingeln und nach ihr zu rufen. Sie bewegte sich nicht. Plötzlich zweifelte er an dem, was er gehört hatte, und horchte zu den anderen Türen des Treppenabsatzes hin, dann ging er hinunter. Als sie hörte, dass er weit genug weg war, brach sie in ein Lachen aus, das er unmöglich nicht hören und wiedererkennen konnte. Schließlich sah sie durch die Vorhänge, wie er den mitgebrachten Blumenstrauß auf eine Mülltonne legte und eilig davonging. Sie war überrascht, dass ihr Körper vor Vergnügen angespannt war. Sie hatte eben etwas empfunden, das sie bislang nur flüchtig gekannt hatte.

Sie bedauert nicht, dass sie sich so gemein verhalten hat, aber sie weiß, dass sie es nicht noch einmal tun würde. Sie verspürt kein Bedürfnis mehr danach. Sie hat über dem Anderen die Verachtung ausgegossen, die sie auf sich selbst hätte richten müssen, auf die, die sie nicht mehr war und die er noch verkörperte, auf das Mädchen, das früher einmal alles akzeptiert hatte und alles durchgehen ließ, wenn man ihr nur Blumen schenkte.

In dem Flugzeug, mit dem sie hierher gekommen ist, hat sie vor allem an jenen Flug gedacht, der sie Jahre zuvor nach Frankreich brachte. Ihre Eltern waren damals nach Frankreich zurückgekehrt, das sie verlassen hatten, um Französisch zu unterrichten. Sie waren ganz damit beschäftigt, ihr das zu verschaffen, was sie für ihr Glück hielten, und erzählten ihr nicht mehr über das, was passiert war. Sie stellte ihnen auch keine Fragen, damit da nur noch ihre Arme waren, um sie zu tragen. Sie fragte sie nicht, wie sie so allein hatte sein können, dass sie sich gezwungen sahen, sie mitzunehmen, um sie zu retten. Sie fragte sie nicht, weil sie Angst hatte, sie würden ihr die Wahrheit sagen, und auch davor, dass sie sie ihr verheimlichten.

Nach den ersten Jahren, als sie, wenn man den Fotos Glauben schenkte, das Maskottchen sämtlicher humanitärer Kundgebungen der Region war, wurde über ihre Ankunft nur noch andeutungsweise gesprochen. Zum Jahrestag dieser Ankunft bekam sie immer einen Strauß Begonien geschenkt, die nur auf dem Hügel, wo sie geboren war, und in seiner Umgebung wuchsen. Sie fragte nicht, wie ihre Eltern es anstellten, diese Blumen, die noch frisch eintrafen, zu beschaffen. Sie begnügte sich damit, dieses wortlose Zeichen, das Geheimnis, das es verströmte, und die unaufdringliche Anerkennung, die es zelebrierte, zu wertschätzen. Dieses Ritual dauerte an, bis sie aufhörte, ihre Eltern zu sehen. Heute fehlt es ihr.

Der Fahrer, der sie vom Flughafen zum Hotel chauffierte, ignorierte ihre extreme Müdigkeit nach dem langen Flug

und die Möglichkeit, dass sie keine Lust auf eine Unterhaltung haben könnte, und bestürmte sie mit Fragen. Sein Verhalten ärgerte sie, und wären da nicht ihre Müdigkeit und Schüchternheit gewesen, so hätte sie ihn gebeten, den Mund zu halten und sich auf das zu konzentrieren, wofür sie ihn bezahlte. Hätte sie damals gewusst, was sich noch daraus ergeben würde ... Offenbar blind vor Neugier schien er nicht zu bemerken, wie lästig er ihr fiel. Von wo kam sie? Kannte sie Zidane? Wozu war sie hergekommen? Wo hatte sie die schönen Kleider gekauft, die sie anhatte? Warum war sie so schön? Wollte sie bei ihm übernachten, statt Geld für ein so teures Hotel auszugeben? War sie schon einmal hier gewesen? Et cetera. Es war fast ein Uhr, und er wollte alles wissen. Zu seinem Leidwesen antwortete sie, erschöpft, wie sie war, nur mit Ja oder Nein. Wenn es damit nicht getan war, ließ sie sich zu einem Seufzer herab.
Glücklicherweise interessierten den jungen Mann weniger die Antworten, die sie ihm nicht geben konnte, als vielmehr seine eigenen Worte. Aus Rücksicht schlug er vor, ihr eine Geschichte zu erzählen. Sie war einverstanden, und er fügte lachend hinzu, wenn ihm seine schöne Zuhörerin einschlafe, werde er sie mit zu sich nach Hause nehmen. Also war sie wach geblieben. Nur der Strahl der Scheinwerfer und ein paar Lichter in der Ferne durchbrachen die Nacht. Sie sah nach draußen, wo sie fast nichts erkennen konnte, in einer Haltung, die ihrer jetzigen ähnlich sein musste. Er ließ sich Zeit, bevor er mit seiner Geschichte begann, aber sie hörte nicht zu, denn sie war zu sehr damit beschäftigt, dass sie sich nicht erinnern konnte, jemals eine so vollkommene Dunkelheit erlebt zu haben wie diese hier. Bevor er mit seiner Erzählung begann, stellte er sich selbst

vor, er hieß Kizito. Sie konnte ihn im Rückspiegel sehen, den er zwei- oder dreimal hatte verstellen müssen, um sie in den Blick zu bekommen.

Heute wird ihr klar, dass er schon damals kein einfacher Taxifahrer mehr für sie war.

»Eine elegante Schwalbe eröffnet die Szene«, dröhnte er, als würde er sich an ein tausendköpfiges Publikum wenden. »Elegant wie Sie«, fügte er lächelnd hinzu.

»Sie kreist über einem Teich, mehr darauf bedacht, ihre Geschicklichkeit in der Luft und ihre Sangeskünste zu demonstrieren, als um ihren Durst zu stillen.« Er achtete nicht genügend auf die Straße, aber es gab keinen Grund zur Besorgnis, da sie fast allein unterwegs waren. »Schließlich setzt sie sich auf einer rauen Masse nieder, die sie für einen Stein hält, bis dieser mit den Augen blinzelt. Es ist ein hässlicher, dicker, fetter Erdfrosch, der im warmen Wasser des Teiches faulenzt.« Die Beschreibung des Erdfrosches betonte er ganz besonders. »Die erschreckte Schwalbe macht einen Satz und beschimpft den hässlichen, dicken, fetten Erdfrosch. ›Wofür hat Gott dich denn bestrafen wollen, dass er deinem Körper so gar nichts Anmutiges gegeben hat‹, piepst sie über dem gleichmütig dahockenden, hässlichen, dicken, fetten Erdfrosch.«

Sie richtete sich auf dem Rücksitz wieder auf und öffnete das Fenster, um nicht einzuschlafen. Die Geschichte erinnerte sie an etwas. Sie hörte jetzt aufmerksam zu.

»›Was für ein Unglück, Augen zu haben, die aussehen, als wollten sie aus einem so abstoßenden Haufen herausspringen‹, spricht die Schöne weiter, von der Gleichgültigkeit des hässlichen, dicken, fetten Erdfrosches noch mehr gereizt. ›Und was für ein ausgesprochenes Pech, beim Gehen

den Kopf durch den Schlamm ziehen zu müssen. Ich dagegen berühre den Horizont, bevor du auch nur Quak sagen kannst.‹ Kurzum, sie fordert ihn heraus.«
Kizito, den seine Erzählung für die junge Frau sichtlich mehr interessierte als das Fahren, hatte die Geschwindigkeit stark gedrosselt. Er fragte sie, ob sie noch zuhörte, und sie versicherte es ihm, ohne aber zu gestehen, dass sie nicht nur zuhörte, sondern auch Angst hatte, weil sie etwas wiederfinden wollte, an das zu erinnern ihr das Märchen versagte.
»Daraufhin beschließt der hässliche, dicke, fette Erdfrosch zu reagieren und quakt: ›Meine Schöne, gib mir einen Moment, und dann lass uns von hier aus ein Wettrennen machen bis zu jedem Punkt, der dir beliebt, bis zum Horizont, wenn du magst. Die Strecke brauche ich dabei nicht zu kennen. Ich werde den geheimen Pfaden folgen, die es den Kröten erlauben, von einem Sumpf zum nächsten zu gelangen, du aber sollst bei jedem Sumpf, dem du begegnest, fragen: Erdfrosch, bist du da? Und ich werde dir antworten.‹ Hörst du mir noch zu?«
Seine Stimme wurde für die Worte des Erdfrosches tief und gemächlich, aber hoch und spitz, wenn die Schwalbe sprach. Doch trotz der Bemühungen des Fahrers und Erzählers und trotz ihres Interesses schlief sie ein, ohne das Ende der Geschichte zu erfahren und ohne das wiederzufinden, was sie in ihr wachrief.
Sich diese Szene heute vorzustellen, hätte sie amüsieren müssen, aber danach ist ihr nicht.
Als sie am nächsten Morgen aufwachte, zitterte sie vor Angst, denn ihr fiel ein, dass sie im Wagen eines Unbekannten eingeschlafen war. Zum Glück war sie wirklich im

Hotel, auch wenn sie eine Weile brauchte, um sich davon zu überzeugen. Eine Karte auf dem Nachttisch war der Beweis. »Herzlich willkommen in Ihrem Hotel. Der Direktor und sein ganzes Team freuen sich darauf, Ihnen einen angenehmen Aufenthalt zu bereiten«, verkündete die Karte ihrem halb geöffneten Auge. Die Mitteilung war auch ins Englische übersetzt, und auf der Rückseite standen diverse praktische Informationen. Erleichtert war sie wieder eingeschlafen.

Als sie zur Rezeption hinunterging, hatte sie eine an sie adressierte Nachricht vorgefunden, worin Kizito sich dafür entschuldigte, so langweilig gewesen zu sein, dass er sie in den Schlaf gelullt hatte, und worin er erklärte, dass er am Abend wegen des Fahrtgeldes vorbeikommen wolle. Das Bewusstsein, dass sie sich in einer Situation, als sie der Anständigkeit eines Unbekannten ausgeliefert war, hatte gehen lassen, ließ sie noch einmal erschaudern. Und sie empfand für Kizito etwas, das mehr war als Dankbarkeit.

SIEBEN

114. Je älter Niko wurde, desto weniger Lust hatte er zum Spielen, und auch seine Träumereien waren kein vergnüglicher Fluchtweg mehr, sondern das beunruhigende Echo seiner Einsamkeit. Allein zu sein, ist eine Sache, sich ihrer bewusst zu werden, ein Problem, und so allein zu sein, dass es einem bewusst wird, eine Qual, stellte er fest. Seit Jahren schon war Niko vor den beschäftigten Augen der anderen unsichtbar. Gesellschaft fand er allein in sich selbst.

115. Der einzige Blick, vor dem Niko sich nicht durchsichtig fühlte, war Gaspards. Ohne dass darüber je eine echte Entscheidung getroffen worden wäre, war Niko in der Schmiede und Töpferei zu seinem Sohn, Assistenten und Lehrling geworden. Er hatte sogar Zangen und einen Hammer geschenkt bekommen, damit er seinen Onkel im Notfall vertreten konnte, was im Laufe der Monate immer häufiger vorkam, bis es Niko eines Tages klar wurde, dass er die Schule abgebrochen hatte. Es war beschlossene Sache, dass Gaspard ihm bald die Schmiede überlassen würde, um an einem Ort, wo er seinem geschwächten Körper Ruhe gönnen konnte, auf den Tod zu warten.

116. Jeder im Dorf bezog Stellung dafür oder dagegen, dass Niko Gaspards Nachfolger in der Werkstatt werden sollte. Die wenigen, die es guthießen, taten es vor allem aus Treue

zu Gaspard, dessen Meinung ihre eigene bestimmte. Schließlich, setzten sie als Entschuldigung hinzu, war es doch besser, wenn Niko dieses bei Weitem anstrengendste, gleichzeitig aber harmlose Amt erbte. Wenn er sich tagsüber in seiner Werkstatt und die restliche Zeit vor Müdigkeit in seinem Bett vergrub, würde er niemanden mehr stören. Sehr viel zahlreicher aber waren die, die sich darüber empörten, dass Niko eine so wichtige Aufgabe übernehmen sollte. Sie fanden ihn viel zu eigenwillig und dilettantisch, um ein verlässlicher Schmied und Töpfer zu werden. Vor allem aber, wie sollten sie neue Werkzeuge und Gerätschaften bei jemandem kaufen, der stumm war und ihnen deshalb auch keine Ratschläge geben konnte, wie Gaspard es tat? War es nicht lächerlich, Hacken, Sicheln, Töpfe oder Macheten zu benutzen, in die so blödsinnige Zeichnungen und Sätze eingraviert waren wie die, mit denen Niko inzwischen alle Stücke, die durch seine Hände gingen, verschönerte?

117. Gaspard, der auf all das nichts gab, war stolz auf Niko, und der gab sich bei der Arbeit in der Werkstatt große Mühe, da er glücklich war, seine Fantasie jetzt auch dort ausleben zu können. Denn er begnügte sich nicht damit, bloß zweckmäßige Gegenstände herzustellen. Er wollte sie schöner und interessanter machen. Ein Topf aus seiner Werkstatt musste zweckmäßig, schön und interessant sein. Dazu gravierte er in seine einwandfrei gearbeiteten Gegenstände Sätze ein. Auf die Klingen der Macheten zum Beispiel: »Der Besitzer dieser Machete ist der, der ihren Griff hält.« Diesen Satz prägte er so ein, dass es unmöglich war, ihn zu lesen, wenn man den Griff hielt. Auf den Hacken vermerkte er gern, dass der Meister der Methode dem Meister über das Ding unterlegen ist. In die Sicheln schrieb er, dass auch

die dünnste Klinge nicht sanft ist. Und auf die Töpfe zeichnete er Ziegen, die Menschen brieten. Ihm fielen noch andere Dinge ein, und alle endeten als Darstellung auf einem der Werkzeuge oder Utensilien, die er herstellte.

118. Die Leute waren verärgert und kauften nichts mehr bei ihm, mit Ausnahme derer, auf die Gaspard noch immer so viel Einfluss hatte, dass sie sich verpflichtet fühlten, ihre Einkäufe in seiner alten Werkstatt zu machen. Trotzdem stellte Niko weiter seine Waren her, fettete sie mit einem Mittel gegen den Rost ein und lagerte sie.

119. Ein Forschungsreisender, der sich bis in dieses Dorf verirrt hätte, wäre erst einmal erstaunt gewesen, wie oft der Name Niko in den Unterhaltungen fiel. Immer und überall erkundigte man sich nach ihm, man bestätigte, ihm begegnet zu sein, man versicherte, dass er krank war, und kommentierte die in seine Werke eingravierten Sätze und Zeichnungen. Der Fremde hätte wohl nicht umhin gekonnt festzustellen, dass man gelegentlich nicht einfach Niko sagte, sondern Niko-Affengesicht. Um dies zu ergründen, hätte sich der Abenteurer zur Schmiede und Töpferei begeben. Unter einem breiten, von ein paar Pfeilern gestützten Dach hätte er einen Ofen entdeckt, vor dem ein fast nackter Mann hantierte. Einen Augenblick lang hätte er diesen Mann gebannt angesehen, dessen Harmonie und Kraft durch die Reflexe und die Schatten des Feuers hervortraten. Er hätte sich sogar gefragt, ob dieser Leib, diese Verkörperung der Perfektion, nicht aus sich selbst heraus leuchtete. Vielleicht, hätte er überlegt, liehen sich die Flammen von ihm ihren Glanz, und nicht umgekehrt. Wäre er näher getreten, hätte er festgestellt, dass Niko an der Stelle, die nur in der Intimität enthüllt wird, einen verblüffenden Trumpf

besaß. Daraufhin hätte Niko, der immer spürte, wenn man ihn beobachtete, sich umgedreht und hätte dem Fremden vor lauter Freude, dass er jemandes Aufmerksamkeit erregte, ein breites Lächeln geschenkt. Der unerwartet monströse Kontrast dieses Lächelns hätte die beginnende Faszination des Eindringlings so heftig zerschlagen wie eine Falle das Köpfchen einer geköderten Ratte. Der Beobachter wäre fassungslos vor Enttäuschung und Abscheu. Und er wäre so weit wie möglich davongelaufen, in der Gewissheit, in Niko die unerträgliche Überlagerung von Engel und Dämon, strahlender Schönheit und ekelerregender Hässlichkeit gesehen zu haben.
120. Sein Gesicht und der übrige Leib verkörperten Harmonie und Anmut. Aber wenn er, um zu lächeln, seine ebenso riesigen wie armseligen und schrägen Zähne entblößte, sah er für manche aus wie ein Affe, für andere wie ein Dämon. Man musste an dieses Lächeln gewöhnt oder vorgewarnt sein, um es zu ertragen, ohne irgendein Zeichen von Widerwillen zu zeigen.
121. Niko wusste das.
122. Er wusste auch, dass aus diesem Grund keine Frau je ihre Lust und noch weniger ihr Leben mit ihm teilen würde. Diejenigen, die gleichzeitig mit ihm initiiert worden waren, hatten bereits Ehefrauen und sogar Kinder. Er aber war allein geblieben und würde es bestimmt für immer bleiben. Was, fragte er sich, machen zwei Personen schon zusammen? Das hatte er sich tatsächlich nie vorstellen können. Nicht, dass er es nicht im Allgemeinen begriff (in der Natur der Freundschaft oder der Sexualität gab es, wie er wusste, zahlreiche Möglichkeiten), aber es gelang ihm nicht, sich von dieser Frage betroffen zu fühlen. Nun, genauer ge-

sagt, er war sich nicht sicher, irgendetwas mit den anderen zu tun zu haben. Er sah dabei nicht mehr Kombinationsmöglichkeiten als zwischen einer Ziege und einem Fahrrad. Genau das war es: Darüber nachzudenken, was er mit den anderen hätte anstellen können oder was die anderen mit ihm hätten anstellen können, schien genauso unangebracht wie die Frage, welche Beziehung eine Ziege wohl zu einem Fahrrad haben mochte. Sicher, die anderen waren menschliche Wesen genau wie er, aber reichte das? Was tun zwei Wolken miteinander? In diesen Begriffen stellte er sich sein Alleinsein vor, als Ergebnis einer ebenso unbegreiflichen und unüberwindbaren wie notwendigen Unvereinbarkeit. Wenn man in Betracht zog, was er war, was Fahrräder, Ziegen und Wolken waren, was er für die anderen war und was die anderen für ihn waren, hatte die Frage keine Berechtigung. Wenn er sie sich stellte, dann um hervorzuheben, dass es auf sie keine Antwort geben konnte.

123. Dennoch steckte ein Fehler in dieser Beweisführung. Ein Fehler oder eine Lüge. Und in seinem Innern versuchte Niko hartnäckig und ohne Erfolg, die leise Stimme zu ersticken, die ihn der Übertreibung und sogar der Verfälschung bezichtigte. Er war nicht so allein, wie er es sich weismachte. Einmal abgesehen von Gaspard, der immer in seiner Nähe war, schenkten auch einige andere ihm eine gewisse Aufmerksamkeit. Diese Aufmerksamkeit blieb zurückhaltend, denn Interesse, und wir sprechen nicht von Zuneigung oder Bewunderung, für Niko-Affengesicht zu haben, wurde nicht gern gesehen. Da war zum Beispiel die hinreißende Hyacinthe, die es immer so einrichtete, dass sie bei jedem der Einkäufe, zu denen man sie schickte, langbeinig und mit stolzer Haltung an der Werkstatt vorbeikam.

124. Hatte Hyacinthe Niko schon lächeln sehen? War es möglich, dass sie sich so zu ihm hingezogen fühlte, obwohl sie das Grauen kannte, welches seine Lippen verbargen, und obwohl sie wusste, dass er stumm war?

125. Eines Tages hatte sie den Kanister, mit dem sie zum Wasserschöpfen ging, fallen lassen, damit der geschäftige Niko ihr Vorübergehen bemerkte. Er lief herbei, um ihr zu helfen, das Gefäß wieder auf ihrem Kopf zu platzieren. Während er auf sie zuging, spürte er eine Hitze in sich aufsteigen, die auch blieb, als er bei ihrem Weggehen das Schaukeln ihres schweren Busens sah. Um sie nicht zu erschrecken, hatte er sich davor gehütet, sie anzulächeln. Aber das war alles. Er stellte lediglich fest, dass Hyacinthe nach einer Weile nicht mehr vorbeikam. Er nahm es wahr, wie man bemerkt, dass es wärmer oder kühler ist als am Vortag.

126. Hat Nikos Einsamkeit etwas damit zu tun, dass er sich der anderen nicht würdig fühlt? Oder ist er bloß hinter den Mauern seiner Stummheit gefangen? Oder hinter den noch höheren seines entstellenden Lächelns?

127. »Genau da täuscht du dich«, murmelte ihm die leise Stimme manchmal zu. »Wie man es auch begründen mag, du bist nur dem Schein nach allein. Und zum Glück sind Schein und Wirklichkeit bloß ein winziger Teil deiner Existenz. Denk daran, was in dir ist! Gibt es in deinem Inneren Einsamkeit? Oder ist da nicht vielmehr ständige Bewegung, überbordende Gesellschaft und sogar ein herzliches Lächeln? Ist das, was du als Einsamkeit empfindest, nicht nur die Unfähigkeit anzuerkennen, dass du dich nicht so entfaltest, wie sich die normalen Leute entfalten beziehungsweise die, die so tun, als wären sie es?«

128. Von dieser leisen Stimme in die Ecke gedrängt, gab Niko dann zu, dass er nicht ganz allein war. Seine Gedanken waren von zahlreichen Gefährten bewohnt, die vielleicht durchaus so viel wert waren wie die Kameraden, die er nicht hatte und vielleicht nie haben würde.

129. Sein Bild von sich selbst als Kind, dann als Heranwachsender und als alleinstehender Mann ist wahrscheinlich ein Trugbild, an das er so stark und so lange geglaubt hat, dass es schließlich Wirklichkeit wurde.

130. Eines Tages, Niko scheint in seine Arbeit vertieft, ist tatsächlich aber in verworrenen Gedanken darüber gefangen, was ein Schimpanse wohl mit einer Schildkröte anfangen kann, ein Baum im Wald mit einem anderen Baum, da hat er einen Unfall. Er holt einen Krug aus dem Ofen und will ihn absetzen, sodass er auskühlt und fertig trocknet. Dazu stellt er ihn auf eines der oberen Bretter der Ablage, die er für seine Waren, die er fast nicht mehr verkauft, gebaut hat. Die Aktion ist schwierig, denn der Gegenstand muss mit Zangen um den Hals gehalten und auf einem Brett in doppelter Mannshöhe platziert werden. Der Krug ist schwer und droht bei jeder Bewegung wegzurutschen, aber mit viel Geduld schafft Niko es, ihn abzustellen. Doch abgelenkt von seinen Gedanken über die möglichen oder unmöglichen Beziehungen zwischen einem Schmetterling und einem Fisch oder einem Ertrunkenen und dem Schilf am Fluss, vergisst Niko, bevor er sich wegdreht, den Krug zu sichern, und er fällt ihm auf den Kopf. Er hat ihn noch rollen hören und begriffen, dass er fallen würde. Er hat vor allem Angst davor gehabt, dass er zerbricht, nicht aber, dass er auf ihn fällt. Es war ein doppelter Aufprall: zuerst der des Kruges auf seinem Schädel, dann der seines Körpers auf

dem Boden, als er wie eine Marionette, der man plötzlich die Fäden abgeschnitten hat, niederstürzt. Bevor er bewusstlos wird, hat er noch die Zeit zu denken, dass auch der Krug einen zweifachen Aufprall erfährt: den folgenlosen auf seinem Kopf und den tödlichen auf dem Boden.
131. Als er die Augen wieder aufschlug, fragte er sich, wie lange er wohl dagelegen haben mochte. Das Tageslicht war noch immer voll; er war bestimmt nur ein paar Stunden ohnmächtig gewesen, beruhigte er sich. Außer er hatte einen oder mehrere Tage lang geschlafen. Er versuchte nachzusehen, ob das Ofenfeuer noch brannte. Es war erloschen, aber die Asche rauchte noch. Um abzuschätzen, wie lange er auf dem Boden gelegen hatte, half ihm das jedoch nicht weiter. Das Feuer starb, wenn man sich nicht darum kümmerte, sehr schnell, die Asche dagegen konnte über eine Woche rauchen, je nach der Menge glimmender Kohlen.
132. Wäre er nach dem gegangen, was während dieser Zeit in seinem Kopf alles geschehen war, hätte er behauptet, sein Schlaf habe eine Ewigkeit gedauert. Wenn er es genauer hätte beschreiben sollen, so hätte er diese Ewigkeit mit der Flüchtigkeit des Blitzes verglichen, der so schnell verschwindet, wie er den Himmel zerreißt.
133. Das beunruhigte und beunruhigende Gesicht der alten Frau, die noch immer allein auf einer kahlen und ausgedörrten Ebene stand, erschien ihm als Erstes. Sie hatte ihn gesehen und war auf ihn zugekommen, wobei sie ihn ihren Sohn nannte. Wie üblich war sie dann, bis sie vor ihm stand, langsam zu einer jungen Frau von ergreifender Schönheit geworden, die ihm ihre Liebe versicherte und ihn bat, ihr zu folgen. Zum ersten Mal seit so vielen Jahren hatte er sich von den beiden Frauen rühren lassen. Die erste

hatte er angesehen, wie er seine Mutter hätte ansehen können. Als die zweite näher kam, war in ihm die gleiche Hitze aufgestiegen wie damals, als er plötzlich neben Hyacinthe stand. In seinem Traum hatte er auch zum ersten Mal die Einladung des jungen Mädchens angenommen und war, statt ihr von Weitem nachzugehen, der Spur ihres Duftes gefolgt.

134. Sie gehen lange, bis sie sich auf einer kleinen Piroge wiederfinden, die ruhig auf einem dickflüssigen Lavastrom treibt. Vom traurigen Blick seiner Gefährtin hingerissen, schont Niko seine Kräfte nicht und paddelt energisch gegen den Strom bis zur Quelle des Lavaflusses, der nichts anderes ist als der Hochofen der Werkstatt. Dort erwartet ihn ein verjüngter Gaspard. Er gleicht in allem jenem Mann, der Niko ein paar Jahre zuvor fasziniert hat, wäre da nicht sein durchdringender Blick. Seine Augen sind eine Mischung aus Katze und Schlange. Das junge Mädchen, mit dem Niko die Fahrt gemacht zu haben glaubt, ist nicht mehr da. Er will fragen, wo es geblieben ist, aber aus seinem Mund kommt ein Meckern, das von Gaspard sofort nachgeäfft wird. »Bäh!«, macht er noch einmal und bricht in ein Lachen aus, das endlos zwischen Nikos Ohren widerhallt. Eine erstickende Angst steigt jetzt in ihm auf, aber er versucht nicht zu fliehen. Seltsamerweise bringt ihn die Angst dazu, lächeln zu wollen, und er hält sich nicht zurück. Er lächelt sogar noch, als er sieht, wie Gaspards Zangen in Höhe seines Halses auf ihn zukommen, wie sie ihn hochheben und über dem Ofen aufhängen. Das dröhnende Lachen tönt ihm noch durch alle Glieder, und bald wird das Vibrieren unerträglich. Er spürt, wie seine Haut sich spannt, sein ganzer Körper sich weitet und schließlich ex-

plodiert. Jedes der Stückchen von ihm, die in der Luft auseinanderstieben, trägt ein vollständiges und autonomes Bewusstsein mit sich. Er ist fasziniert von dieser Vervielfältigung seines Blickes, seiner Empfindsamkeit und seines Willens. Zahllose winzige Nikos wirbeln durch die Werkstatt, und jedes dieser Konfetti sieht, spürt und kommentiert die unglaubliche Szene, bei der er gleichzeitig Zuschauer und Akteur ist.

135. »Lieber Gefährte, zu Beginn dieser Geschichte wurdest Du gewarnt, dass sie beschwerlich werden könnte für jene, die unter anderem Logik und Sinn verwechseln und die diese Gleichsetzung brauchen, um vorwärtszugehen. Nichts von dem, was bislang erzählt wurde, hat irgendwie Hand und Fuß. Selbst einem vom Glauben an die Magie oder einer naiven Empfindsamkeit weichgespülten Geist würde es schwerfallen, gewisse Elemente miteinander zu verknüpfen. Den Eindruck jedenfalls habe ich selbst gehabt, und es ist mir nur gelungen, mich Niko weiterhin zu nähern, weil ich akzeptiert habe, dass seine Geschichte zwar unlogisch, deswegen aber nicht unsinnig ist. Wenn Du die gleiche Schwierigkeit verspürst und wenn Du keine bessere Idee hast, an die Du Dich klammern kannst, lade ich Dich ein, Dir diese Unterscheidung zwischen Logik und Sinn zueigen zu machen. Vielleicht wird sie Dir ebenso helfen wie mir.«

***

Während ihrer Unterredung mit den Leuten von der Stiftung war man übereingekommen, dass die Zusammenarbeit mit weiteren Geldgebern noch organisiert werden musste. Weil sie jedoch außerstande war, sich dem Gang der Dinge anzupassen, hatte sie beschlossen, die Finanzierung gar nicht erst abzuwarten, sondern sofort aufzubrechen und an Ort und Stelle schon das eine oder andere in die Wege zu leiten. Diese Entscheidung war nicht die Frucht reiflicher Überlegung, sondern ein Mittel, sich vor der eigenen Ungeduld zu schützen.

Vor Ort wurde ihr klar, dass sie ohne Geld und ohne den Schutz durch die Stiftung, die es ihr nicht gestattet hatte, in ihrem Namen aufzutreten, nicht viel ausrichten konnte. De facto konnte sie gar nichts tun. In der ersten Woche rief sie tagtäglich an, weil die Langsamkeit des Verfahrens ihr Sorgen machte und weil sie hoffte, dass sie bald die Mittel erhalten würde, um das zu tun, wofür sie hergekommen war. Die Stimme am Telefon begnügte sich damit, sie unveränderlich auf zwei Dinge hinzuweisen. Erstens durfte sie nicht vergessen, dass sie nur in ihrem eigenen Namen auftreten und agieren konnte, solange sie den offiziellen Auftrag nicht hatte, der allerdings von der Freigabe der Gelder abhing. Und zweitens, man stand hinter ihr.

Als sie zum dreizehnten Mal anrief, kam ein weiterer Hinweis zu den beiden gewohnten. Drittens, erinnerte die Stimme am anderen Ende der Leitung, durfte sie nicht vergessen, dass sie abgeflogen war, ohne die finanzielle Unterstützung der Stiftung zu haben. Die Stimme hatte sich nicht die Mühe gemacht, die logische Folge dieses Gedankens auszuführen: Die Stiftung war nicht verantwortlich für ihre Ungeduld und für die Sackgasse, in die sie hineingerannt war, und sie möchte doch so freundlich sein, sie nicht weiter mit den Konsequenzen zu belästigen. Diese Worte sind, selbst als sie zur abstrakten Erinnerung gewor-

den sind, sehr schmerzhaft geblieben. Sie empfand sie als Verrat und fühlte sich nunmehr auf sich selbst gestellt mit ihrem Projekt ›Zum Gedenken an ...‹.
Da sie zum Warten gezwungen war, sich aber nicht auch noch mit der Langeweile abfinden wollte, fasste sie den Entschluss, das Land zu besichtigen. Das schien ihr eine angenehme Art, sich die Wartezeit zu verkürzen.
Spontan bat sie Kizito, sie bei dieser Entdeckungsfahrt als Führer zu begleiten. Aufgespürt hatte sie ihn über die Empfangsdame des Hotels, die, wie sich herausstellte, eine Verwandte von ihm war. Er fackelte nicht lange und nahm ihren Vorschlag an. Er freute sich darüber sogar, als hätte er ihn erwartet. Endlich mal eine besondere Fahrt, auf der er seine Talente als Fahrer, aber auch als Fremdenführer, Erzähler, Mechaniker und Koch würde entfalten können. Bei seinen Ausführungen fragte sie sich, ob sie eine gute Wahl getroffen hatte, aber Kizito stellte bereits das Programm zusammen. Er wollte sie natürlich zu den Gorillas bringen oder sie, genauer gesagt, an einem Ort absetzen, wo sie allein weitergehen konnte, um sie zu sehen, denn die Viecher waren ihm nicht geheuer. »Ich muss dir auch die Insel der Nase zeigen. Du hast schon davon gehört, nehme ich an. Das ist die Insel, die, wie es heißt, vor sehr langer Zeit dadurch entstanden ist, dass die Reisenden, die am See vorbeikamen, ein Steinchen hineinzuwerfen hatten.« Er wusste den Grund dafür nicht mehr, aber die ins Wasser geworfenen Steinchen hatten, so erklärte er ihr, schließlich einen Haufen gebildet, der aus der Oberfläche des Sees ragte und die Insel bildete. »Das Erstaunlichste«, führte er aus, »ist, dass dieses riesige Steinmal die Form einer Nase angenommen hat, statt wie ein normaler Steinhaufen auszusehen.

Heute werfen die Reisenden nichts mehr hinein, um ihn höher zu machen. Sie begnügen sich mit der Bemerkung, die Insel sei nichts weiter als das Abbild ihrer eigenen Nase. So unglaublich es scheinen mag, die Folge waren blutige Streitigkeiten und sogar Massaker an Hunderttausenden von Menschen.« Zuletzt versprach er, ihr die vielen Sehenswürdigkeiten des Landes zu zeigen: die nationale Brauerei, die größte auf dem Kontinent, den Wald der Königstrommeln, die Tierreservate und vieles mehr.

Sie musste feststellen, dass er sie nicht verstanden hatte. Er hielt sie für eine Touristin und nicht für eine Frau, die nach langer Abwesenheit heimkehrte und bloß versuchte, all das wiederzubeleben, was in ihrem Gedächtnis erstarrt war. Fürs Erste machte sie sich nicht die Mühe, ihn zu enttäuschen, und erklärte ihm nicht, dass sie sich für all das kaum interessierte, weil sie nicht wegen der Landschaften und Tiere gekommen war, sondern wegen der Menschen. Um sich die Touristenwünsche zu erfüllen, hätte ein Besuch im Zoo von Vincennes oder im Naturgarten des Bois de Boulogne gereicht, oder auch ein Dokumentarfilm auf einem Spezialsender.

Hätte er es begriffen, wenn sie ihm gesagt hätte, dass sie sich vor allem wünschte, die Klänge zu hören, die Gerüche zu riechen und die Aromen zu schmecken, die ihre Kindheit erfüllt hatten? Hätte er ihr nicht ins Gesicht gelacht, wenn sie zugegeben hätte, dass es ihr größter Wunsch war, den Ort zu finden, wo die Begonien wuchsen, und dort zu fragen, ob sich jemand an ein kleines Mädchen erinnerte, das vor fünfundzwanzig Jahren auf den Namen Isaro gehört hatte? Wäre er einverstanden gewesen, sie zu chauffieren, wenn sie ihm anvertraut hätte, dass sie zum Grab ihrer

Angehörigen gehen und, wenn es keines gab, eines anlegen wollte, dass sie ihre Tränen darin versiegen lassen und ein Kreuz daraufstellen wollte? Sie nahm sich fest vor, diese Fragen später zu stellen, wenn sie sich besser kannten.

Da sie nicht wusste, ob sie unterwegs ein Postamt finden würde, aber endlich zu diesem Schritt entschlossen war, hatte sie ihren Eltern noch vor Antritt der Reise einen Brief geschickt. Sie erinnert sich an jedes Wort dieser Nachricht, als hätten sie sich in ihr eingegraben.
»Lieber Papa, liebe Mama«, hatte sie begonnen. Es machte ihr Freude, sie aufs Neue so und nicht bei ihrem Vornamen zu nennen, wie sie es seit ihrem Weggang nach Paris getan hatte. »Ich habe Euch die letzten Jahre gemieden und gehasst, aber heute erkenne ich, dass ich nur mich selbst gemieden und gehasst habe. Weil ich zu feige war, das zuzugeben, habe ich Euch für den Ursprung meines Unbehagens gehalten, obwohl Ihr Euer Bestes getan habt, um es zu lindern. Ich glaube nicht, dass ich das Recht habe, um Verzeihung zu bitten, aber ich denke und hoffe, dass Ihr immer noch ein wenig Geduld mit mir habt, um meine Rückkehr zur Vernunft, zum Leben und daher auch zu Euch zu akzeptieren.« Fast hätte sie es dabei belassen, aber dann fuhr sie fort: »Es gibt jedoch etwas, worüber ich meine, Euch zu Recht böse sein zu können, darüber nämlich, dass Ihr mir nichts erzählt habt über das, was geschehen ist, über die Ereignisse, die Euch dazu gebracht haben, mich aufzunehmen, im Grunde also darüber, wer ich bin.« Sie fügte hinzu, dass dies ihr eigenes Verhalten zwar nicht entschuldige, aber vielleicht ihre Motivation verständlicher mache. Als sie den Umschlag gerade zukleben wollte, be-

merkte sie, dass sie beinahe zu erwähnen vergessen hätte, dass sie in ihr Land zurückgekehrt war und ihnen von dort aus schrieb. Sie legte eine Kopie ihrer Projektpräsentation bei, um ihnen eine Vorstellung davon zu geben, was sie hier tat. Als sie den Umschlag in den Kasten stecken wollte, hielt sie ihn noch einen kleinen Moment lang fest. Der Brief schien viel weniger zu enthalten als das, was sie ihnen alles zu sagen hatte. Als ihr klar wurde, dass nicht einmal ein Buch dafür ausgereicht hätte und dass nichts je ausreichen würde, ließ sie den Brief los.

ACHT

136. Nikos Traum ist mit der Zerstreuung seines Körpers nicht zu Ende. Diese Vision ist erst der Anfang einer Reihe noch unglaublicherer Erlebnisse.
137. In seinem Traum fallen alle Stückchen in eines der großen Gefäße, die auf den Regalen der Werkstatt stehen, und setzen sich neu zusammen, um einen neuen Niko zu erschaffen. Seine Haut ist fester, seine Schultern breiter, sein Herz gelassener, sein Gesicht selbstbewusster und seine Augen sind, das fühlt er, strahlender, wie mit zwei Diamanten besetzt, die seine Kraft bündeln. Er hat das Gefühl, eine zugleich leichtere, robustere und selbstsicherere Version dessen zu sein, der er vorher war. Gaspard ist nicht mehr da, als er aus seinem Dämmer erwacht. Es ist still in der Werkstatt. Diese Stille scheint Respekt auszudrücken vor dem neuen Wesen, das er ist. Er wird zum ersten Mal respektiert. Er ist einsam, aber respektiert. Es ist die würdige Einsamkeit eines Löwen oder Gorillas und nicht die elende der Hyäne. Einsam, weil niemand es wagt, sich ihm zu nähern, und nicht, weil es niemanden gibt, der sich ihm nähern will.
138. Vielleicht kann ich jetzt auch sprechen, sagt er sich, versucht es aber nicht. Er hat zu viel Angst, dass es wahr sein könnte, und auch vor dem Gegenteil. Beide Möglichkeiten erscheinen ihm gleichermaßen erschreckend, und er

sagt sich, dass es vernünftiger ist, das Sprechen nicht auszuprobieren, nicht zu versuchen, durch eine neue Fähigkeit enttäuscht oder verwirrt zu werden, und nicht zu riskieren, dabei verloren zu gehen. Das Wort ist die einzige Begrenzung dieser Stärke, die in ihm ist.

139. In dieser Vision, die er nach dem Aufprall des Kruges hat, verfügt Niko über unkontrollierbare Kraft. Als er glaubt, einen einfachen Schritt zu tun, spielt ihm diese neue Kraft einen Streich, und er macht einen Satz bis hoch über die Wolken. Dort oben findet er sich plötzlich in einer Herde zahlloser weißer Ziegen und Schafe wieder. Ein stattlicher Bock mit Gehörn und dichtem Bärtchen, der seine Verwunderung bemerkt, entfernt sich von der Herde, kommt auf ihn zu und meckert:

»Du hast doch wohl nicht geglaubt, dass die Wolken etwas anderes sind als das hier: eine riesige Herde weißer Ziegen und Schafe? Von Weitem sehen sie bloß aus wie eine Masse, die sich zusammenballt, aufreißt, dahineilt oder sich mitten am Himmel ausruht, aber weit gefehlt, mein Großer!«

Niko ist über das, was er sieht und hört, überhaupt nicht erstaunt. Um sein Interesse und seine Aufmerksamkeit zu bekunden, setzt er sich. Nun fährt der Bock fort:

»Oh ja, mein Freund, die Menschen machen sich zu allem so ihre Gedanken, aber wenn sie wüssten, wie weit sie von der Wahrheit entfernt sind, würden sie vor Scham vergehen. Sieh zum Beispiel den Regen, manche glauben, er komme aus den Wolken, die so etwas wie riesige, in der Luft hängende Schwämme wären. Was für eine lächerliche Idee! In Wirklichkeit kommt der Regen von viel weiter oben. Die Götter haben eine bestimmte Menge davon vorgesehen, die seit jeher die Welten durchdringt.«

Der Bock bemerkt Nikos leeren Blick und ist entrüstet: »Jetzt sag mir nicht, dass auch du dir einbildest, die Erde hänge wie ein Pfannkuchen mutterseelenallein im Nichts! Nein, Niko! Das nicht! Nicht du!«
Niko kann sich nicht erinnern, sich mit Namen vorgestellt zu haben.
»In Wahrheit«, fährt der Bock fort, »ist die Welt, die du kennst, nur ein kleiner Teil aus einer Vielzahl von Welten, die sich in Form einer Spirale übereinanderschichten, welche wiederum eine Krone bildet. Kannst du mir folgen? Nein? Dann stell dir eine Spirale vor, oder sagen wir lieber ein Seil, das du um einen Stab gerollt hast und das sich so verfestigt hat. Also, dieses Seil, das sich in Wirklichkeit aus Seilstücken, den Welten, zusammensetzt, nimmst du und bindest daraus einen Ring. Kapiert?«
»Gar nicht so einfach, aber ich strenge mich an«, antwortet Niko und nickt.
»Also«, fährt der Bock fort, der alles andere als auf den Mund gefallen ist, »unsere Welt ist nur ein Teil, ein Stockwerk dieser zusammengebundenen Spirale, und das Wasser, das ihr, ich meine unserer Welt, auf den Kopf fällt, nun ja, dieses Wasser, das ihr in der Regenzeit auf den Kopf fällt, stammt aus der Welt darüber und ergießt sich danach auf die folgende Welt. Erst ein Jahr später kommt es in der Regenzeit zurück, nachdem es seine Reise durch den Ring der Welten gemacht hat.«
Was der Bock auf Nikos Gesicht bemerkt und als Unverständnis deutet, ist in Wirklichkeit Überraschung. Niko erinnert sich, dass ihm die Idee von den übereinandergeschichteten Welten schon selbst einmal gekommen ist. Sie ist die Erklärung, die er für die Höhle gefunden hat, die sei-

ner Meinung und Fantasie nach nur das Tor sein kann, das den Durchgang von unserer Welt zur nächsten eröffnet.
»Nun ja, Wetterkunde gehört offenbar nicht unbedingt zu deinen Stärken«, versetzt der Bock und gibt ihm einen wohlwollenden Puff.
Dann entschuldigt er sich, er müsse zur Herde zurück, und verschwindet. Niko bleibt einen Moment verdutzt stehen. Ein Teil von ihm versucht, sich daran zu erinnern, dass alles nur eine Vision ist, hervorgerufen durch den Schlag, den er abbekommen hat, aber der andere Teil gibt sich ihr bedingungslos hin.
140. Niko entsinnt sich, dass er nur durch Zufall hier gelandet ist, und will wieder hinunter. Aber noch einmal vergisst er, welche Kraft ihn trägt, seit er auseinandergerissen und neu zusammengesetzt wurde, und er springt drauflos. Doch statt auf dem festen Boden zu landen, versinkt Niko tief im Erdreich. Er kommt in einer Höhle zum Halten, in der eine Art Vögel umherschwirren, die hin und wieder gegen ihn prallen. In der Dunkelheit kann er nicht erkennen, um welche Vogelart es sich handelt. Er hört nur das Flügelschlagen, die hohen Schreie und einen Lufthauch, wenn die kleinen Tiere an ihm vorüberfliegen. Er fragt sich, wie die Vögel es wohl geschafft haben, an einen solchen Ort zu gelangen und dort zu gedeihen. Wie sehen sie aus? Aus einem Grund, den er sich nicht zu erklären versucht, stellt er sie sich als Raben vor.
141. Nach einer ganzen Weile, in der seine Vermutung durch nichts bestätigt oder entkräftet wird, hört das hektische Treiben auf. Vor ihm ist nur noch ein Glitzern, ähnlich dem der Sterne an einem klaren Himmel, und er stellt sich vor, dass es Augen sind. Plötzlich erhebt sich eine ernste Stimme:

»Du weißt ...«, sagt sie.
Niko hat sich zwar bislang überhaupt nicht befangen gefühlt, aber jetzt schluckt er laut. Er weiß nicht, sind diese Worte eine Aussage, eine Frage oder der Anfang eines Satzes, zu dem die Stimme den Rest vergessen hat?
»Du weißt, warum du hier bist, hoffe ich?«, spricht die Stimme weiter, die jetzt näher klingt.
Er schüttelt den Kopf. »Können Sie mich sehen?«, würde er gern fragen, wenn er es könnte.
»Seit Jahren verlangen wir einen Boten, es ist schade, dass du erst jetzt kommst. Wir wollten das Wissen darum, was bald geschehen wird, nicht für uns behalten«, fährt die Stimme fort und wird sogleich durch eine Flut von Kommentaren von allen Seiten abgelöst:
»Nein, das konnten wir nicht für uns behalten!«
»Das steht fest, es ist viel zu grauenhaft.«
»Aber ist jetzt noch Zeit, es ihnen zu sagen?«
»Es ist zu ernst!«
»Entsetzlich, meinst du wohl!«
»Aber warum hat er so lange gebraucht, um herzukommen? Nicht gerade seriös, wenn ich so sagen darf.«
»Sie sollten wenigstens informiert werden.«
»Ich habe euch gleich gesagt, das bringt nichts, und dabei bleibe ich auch.«
»Die Armen, die Hälfte wird wie Vieh zerhackt enden ...«
»Oh nein! Wir haben gesagt, wir gehen nicht ins Detail!«
»Wenn es wenigstens etwas bringen würde.«
»Wie heißt es doch gleich?«
»Es ist ihre Schuld, sie hätten bloß auf unsere Mahnungen hören müssen!«
»Ja, aber wie sollen sie es denn ohne die Details verstehen?«

»Das Blut wird in unerhörten Strömen fließen ...«
»Wozu sollen wir sie denn warnen, wenn sowieso nichts mehr zu machen ist?«
»Ach ja: Ein gewarnter Mann ist halb gerettet.«
»Was meint ihr, ob das Blut bis hierher fließen wird?«
»Seid ihr sicher, dass wir das alles wirklich dem da sagen sollen?«
»Dass ich nicht lache!«
»Ja?«
»Oder auch nicht ...«
»Dann müssen wir also umziehen?«
»Ich an ihrer Stelle würde machen, dass ich auf der richtigen Seite stehe, wenn es losgeht.«
»Du hast die halbe Wahrheit gesagt, ich dagegen sehe sehr viel weiter.«
»Man täusche sich nicht, in manchen Fällen ist es genauso verführerisch, feige oder grausam zu sein, wie tapfer oder gut.«
»Wie grauenvoll!«
»Er ist so klein, ich kann mir nicht recht vorstellen, dass er wirklich der Auserwählte sein soll.«
»Wenn man bedenkt, dass sie gerade eben die Saat ausbringen und die Keimlinge in Blut getränkt sein werden.«
»Auf Seiten der Mörder, meinst du?«
»Ich glaube, dass es mehr werden. Mehr Tote, meine ich ...«
»Hätte man denn keinen Helden finden können, bei dem der Kopf und vor allem die Größe weniger lächerlich sind?«
»Sind wir selbst uns denn sicher?«
»So ein Blödsinn! Die Körpergröße hat doch damit nichts zu tun.«
»Und das Ganze auch noch mit der Machete ...«

»Und dass sie ihr Vieh ganz unbekümmert weiden lassen.«
»Damit verderben wir ihnen bloß die wenige Zeit, die ihnen noch bleibt, um normal zu leben.«
»Das ist doch ausgemachter Blödsinn, zu meiner Zeit hat man sich nie in die Angelegenheiten der Menschen eingemischt.«
»Und wir, können wir etwas tun?«
»Er ist schließlich kein kleiner Junge mehr!«
»Bleiben wir doch bitte präzise: Es wird auch Feuerwaffen geben, und außerdem wird es nicht die Hälfte, sondern ein Drittel.«
»Es ihnen heute zu sagen, ist viel zu spät.«
»Hör jetzt bitte auf, keine Details, das ist ja widerlich.«
»In dem Punkt bin ich einverstanden, jetzt ist es zu spät.«
»Stimmt schon, unter gewissen Umständen ist es genauso verführerisch, jemanden zu töten oder ihn dem Tod auszuliefern, wie ihn zu retten.«
»Ihr könnt sagen, was ihr wollt, ich für meinen Teil missbillige es, sich so in die Angelegenheiten der Menschen einzumischen! Das sei ganz klar gesagt.«
»Sie werden es ja leider früh genug bemerken.«
»Wer übertreibt hier?«
»Hör verdammt noch mal auf, alles so präzise zu machen, sonst setzt es was. Es ist schon traurig genug zu wissen, dass es passieren wird, da brauchen wir es nicht noch aufzubauschen.«
»Auch ein Drittel ist noch viel zu viel!«
So geht es weiter, bis es unmöglich wird, auch nur ein einziges Wort zu verstehen. Durch den Tumult, der ihn langsam ganz schwindelig macht, dringt zuletzt die ernste Stimme vom Anfang; die Stille kehrt zurück.

»Ich denke, das Wesentliche hast du verstanden«, sagt die Stimme, bevor sie erneut vom Lärm übertönt wird. Niko begreift, dass er nicht mehr zu bleiben braucht.
142. Niko kehrt zur Oberfläche zurück, wobei er dieses Mal achtgibt, seinen Schwung zu zügeln. Trotz der unerschöpflichen Energie, die ihn trägt, fühlt er sich leer, ohne Gedanken oder Gefühl.
143. Er durchquert dieselbe verwüstete Landschaft wie auf dem Hinweg. Die kleine Piroge ist noch dort, wo er sie gelassen hat. Er steigt ein und fährt den Lavastrom hinab. Die Reise ist diesmal einfacher, bemerkt er. Liegt es daran, dass er stromabwärts fährt? Dass er allein auf dem Boot ist? Dass die Kraft, die sich seiner bemächtigt hat, ihn die Anstrengung nicht spüren lässt? Wie üblich begnügt er sich damit, Fragen zu stellen.
144. Eines der seltenen Male, als sein Vater das Wort an ihn richtete, hatte er ihm gesagt, er solle sich stets vor den Antworten hüten. »Hüte dich vor den Antworten«, hatte er ihn gewarnt. »Halte dich stets von den Menschen fern, die Antworten haben, und meide jene, die behaupten, alle Fragen seien im Grunde einfach, um dann ihre als kinderleicht hingestellten Antworten vorzubringen. Keine Frage ist einfach, mein Sohn, also kann auch keine Antwort es sein.« Er erinnert sich an diese Worte, als hätte er sie eben erst gehört. Es war das einzige Mal, dass sein Vater ihn mit »mein Sohn« angesprochen hatte. Vielleicht hatte er so wenig mit ihm geredet, weil in diesem Satz alles lag, was er ihm zu sagen hatte. Vielleicht hatte er vorher über diesen Ratschlag nachgedacht und dann nichts gefunden, was er hätte hinzufügen können. Daran denkt Niko, während er im Traum ruhig über die Lavaflut paddelt.

145. Als er in der Ferne eine Gestalt bemerkt, hat er keinen Zweifel, wer es sein könnte.
146. Die Eleganz jeder ihrer Gesten überrascht ihn, als sähe er sie zum ersten Mal. Die Frau wartet nicht, bis er wieder an Land ist, sondern wendet sich ab und geht. Er begreift, dass er ihr folgen muss. Wie auf dem Hinweg geht er ihr schweigend nach.
147. Sie gehen lange schweigend. Nach einer Weile erhebt sich ein Baum von schwindelerregender Höhe vor ihnen, dessen Wurzeln, um ihm Halt zu geben, bis in die Unterwelt hinabreichen müssen. Sein Blattwerk, von unerwarteter Fülle in dieser Landschaft, weckt Nikos Neugier; er geht näher. »Das ist der Baum des Lebens«, sagt das junge Mädchen zu ihm. »Er ist auf unserem Weg gewachsen, damit du ihn befragst. Danach ist dein Ausflug zu Ende.« Niko hört kaum auf ihre Worte, so sehr faszinieren ihn die Traurigkeit in ihrer Stimme und die Überfülle der Blätter. Es entgeht ihm aber nicht, dass sie das Wort »Ausflug« betont. »Jedes Blatt stellt einen Menschen dar. Wenn ein Mensch geboren wird, sprießt ein neues Blatt, und immer, wenn ein Mensch stirbt, fällt ein anderes herunter. Und jedes Mal, wenn eine Tat den Respekt unter den Menschen oder zwischen Menschen, Tieren und Natur vermehrt, reift eine Frucht heran.« Von diesen Worten getragen, schwebt Niko plötzlich in die Luft und auf die Blätter zu. Es gibt wenige Früchte. »Bald wird der Baum fast kahl sein«, fügt das junge Mädchen hinzu. Niko sieht, dass sie recht hat. Auf jedem Blatt stehen ein Name, zwei Lebensdaten und ein paar kurze Angaben. Ein Blatt trägt den Namen Fulgence Uwijoro. Unter seinem Geburts- und Todestag ist darauf zu lesen: »Literaturstudium, Lehrer, Diabetiker, verheiratet mit Béata

Nyiringoma, vier Kinder, Mörder, Gefängnis lebenslänglich«. Der Arme, denkt er. Was für ein trauriger Werdegang! Aus Neugier sucht er sein eigenes Blatt. Er findet das von Gaspard Uzubitse, unter dessen Lebensdaten er lesen kann: »Schmied und Töpfer, verheiratet mit Élisabeth Munyaneza, drei Kinder und ein Adoptivsohn, Alkoholiker, vor Erschöpfung gestorben«. Er sucht weiter nach seinem eigenen Blatt, findet aber nur die von anderen Leuten, von Fremden, Bekannten oder Familienmitgliedern.
Auf dem Blatt seines Vaters heißt es unter den Lebensdaten: »Roger Karinzi, Bauer, verheiratet mit Eugénie Isaro, im Wochenbett gestorben, ein Kind; verheiratet mit Maria Uwase, zwei Kinder. Von seinem Sohn getötet.« Niko fährt zusammen. Unter seinen Armen rinnt die Angst in dicken Tropfen hinab. »Nicht mehr lange, und es hat mehr Blätter auf dem Boden als am Baum«, murmelt das junge Mädchen. Das bestätigen auch die Lebensdaten auf den Blättern. Die meisten Todestage sind identisch oder liegen ganz nah beieinander. Es hat den Anschein, dass das junge Mädchen bei diesen Worten weint, aber als er sich umdreht, ist niemand mehr da. »Von seinem Sohn getötet.« Dieser Satz weckt eine heftige Unruhe in ihm, die den Traum sprengt: Er spürt echte Schmerzen und wacht auf.
148. Als er die Augen aufschlägt, ist er außerstande zu sagen, wie lange er bewusstlos auf dem Boden gelegen hat. Er ist erleichtert. Alles, was ihn so aufgewühlt hat, war nichts als ein Albtraum.
149. Doch der Schmerz ist noch da, in der Brust, im Bauch und im Kopf. Und dann der Satz: »Von seinem Sohn getötet.« Sein Vater hatte nur einen Sohn. Ihn. Aus seiner zweiten Ehe waren nur Mädchen hervorgegangen.

150. Einen Augenblick lang versucht er, all diese Gedanken für puren Unsinn zu halten. Wie sollen so viele Menschen denn zur gleichen Zeit umkommen? Mit welchem Wahnsinn sollte das zu begründen und zu bewerkstelligen sein? Wie sollte es zugehen, dass er seinen eigenen Vater tötet? Er beachtet ihn nicht einmal genug, als dass er in seinen Gedanken auftauchen würde, warum also sollte er ihn töten? Was hatten zwei Fremde davon, einander zu töten? Unsinn!
151. Wäre in diesem Moment jemand, Hyacinthe zum Beispiel, bei der Werkstatt vorbeigegangen, hätte er es wohl kaum gewagt, näher zu kommen, sondern hätte um Hilfe gerufen. In der Tat sah Niko, ohne es zu bemerken, aus wie ein Erhängter, den man eben vom Seil losgemacht hat. Die Art von Gesicht, mit dem man Kindern droht, wenn sie nicht einschlafen wollen. Aber niemand kam vorbei, weder Hyacinthe noch sonst irgendjemand, und Niko blieb lange liegen, bevor ihm auffiel, dass die Geräusche, die er hörte, seltsam beängstigend klangen.
152. Es war vieles anders geworden, seit er das Bewusstsein verloren hatte.

***

Der maschinengeschriebene Brief war vor ein paar Tagen in Paris aufgegeben worden.
Sie fand ihn bei ihrer Rückkehr von der Reise. Ihr Vagabundieren hatte in ihr den Eindruck eines »Überströmens« hinterlassen. So unpassend das Wort auch scheinen mochte, es fiel ihr ganz von selbst ein, als sie zum ersten Mal zu beschreiben versuchte, was sie erlebt hatte. Hatte diese Reise in ihr die Melancholie aufkeimen lassen, in der sie nun

so reglos vor dem Fenster sitzt, dass wir manchmal daran zweifeln möchten, ob sie noch lebt?
»Mademoiselle, nach neuerlicher Prüfung Ihres Projektes ›Zum Gedenken an ...‹ und in Anbetracht der Elemente, die Sie uns schriftlich und mündlich dargelegt haben, tut es uns leid, Ihnen mitteilen zu müssen, dass die Stiftung von ihrer Verpflichtung Ihnen gegenüber zurücktritt. Diverse Faktoren, die erst kürzlich in unsere Einschätzung einfließen konnten, haben zu dieser Entscheidung beigetragen. Wir sind uns der unangenehmen Folgen bewusst, die dieser Ausgang für Sie hat, und bitten Sie, dies zu entschuldigen. Sollte Ihre Idee verwirklicht werden, woran wir nicht zweifeln, so wird sie eines Tages auch die nötige Unterstützung finden. Wie dem auch sei, wir möchten Sie ermutigen weiterzumachen.
Im Namen der Stiftung sowie der Kommission zur Stipendienvergabe senden wir Ihnen unsere Grüße im besten Angedenken.«

Eine nicht zu entziffernde Unterschrift verbarg die Identität dessen, der sich dafür geopfert hatte, das Schreiben zu verfassen.
Einen Moment lang lähmten sie widersprüchliche Gefühle, und sie blieb wie angewurzelt an der Rezeption des Hotels stehen, so lange, bis Kizito, der draußen den Wagen parkte, zurückkam und sie so antraf. »Liebling, was ist passiert?«, fragte er mit seinem unbeholfen nachgeahmten Pariser Akzent, in dessen Geheimnisse sie ihn während ihrer Reise ausführlich eingeweiht hatte. Sie schüttelte den Kopf, als wache sie gerade auf, und versicherte, es sei nichts Dramatisches. Kizito, der in den vergangenen Wochen gelernt

hatte, sie zu durchschauen, machte sich Sorgen. Ihre Beschönigungen waren selten ein gutes Zeichen. Er blieb beharrlich, und sie erzählte alles, von Anfang an. Bruchstücke der Geschichte kannte er schon: das Radio, das losbrüllte statt auszugehen, der Studienabbruch, die Idee für das Projekt, die Bewerbung um ein Stipendium, ihre Isolation, der Tod, das Vorsprechen vor der Kommission, das prinzipielle Ja der Stiftung, ihre Ungeduld, derentwegen sie hergekommen war, ohne vorher grünes Licht erhalten zu haben, und dieser Brief, der sie scheinbar mit jedem Wort verhöhnen oder innerlich zermalmen wollte. Er nahm sie so lange in die Arme, bis sie die Verräter beschimpft, sich ausgeweint und wieder erholt hatte. Sie beschloss, zumindest eine Zeile des Schreibens ernst zu nehmen: die Aufforderung, ihre Idee nicht fallen zu lassen. Kizito sagte ihr seine Hilfe zu. Sie konnte auch bei ihm einziehen und dort frei schalten und walten, während er bei der Arbeit war. Sie nahm das Angebot an und zog auf der Stelle um.

Ohne große Worte hatte sich ihr Verhältnis während ihrer Reise verändert. Am ersten Tag übernachteten sie in einer Herberge, der sie sich, wenn sie allein gewesen wäre, nicht einmal zu nähern gewagt hätte. Kizito, der in einem Zimmer neben ihrem schlafen sollte, bestand am Abend darauf, zu ihr hereinzukommen, um ihr das Ende der Geschichte vom Erdfrosch und der Schwalbe zu erzählen. Sie versuchte, ihm klarzumachen, dass es mit der Geschichte nicht eilte und sie sie durchaus für die morgige Fahrt aufheben konnten. Mit Argumenten, die ihr entfallen sind, hatte er begründet, warum das nicht möglich war. Er musste ihr die Geschichte sofort erzählen. Er traktierte sie weiter und fragte sie dann, was sie ihm zu geben bereit wäre, wenn er aufhörte zu reden. Sie antwortete, solange er nur den Mund hielte, würde sie ihm geben, was er verlangte. »Schachmatt«, hatte er gemurmelt und war auf Zehenspitzen und mit gespielt übertriebener Vorsicht auf sie zugegangen. Er wollte die Nacht mit ihr verbringen; diese Nacht und alle anderen. Er ging nicht in sein Zimmer zurück, und von jenem Abend an teilten sie ihr Bett und gaben sich als Ehepaar aus.

Seit damals, so bemerkte sie, war er weniger geschwätzig und weniger aufgedreht. Und so hatte sie keinen Grund mehr, ihn nicht zu lieben.

NEUN

153. Als Niko nach seiner Ohnmacht endlich wieder auf den Beinen war, hatte er das seltsame Gefühl, dass sich die Luft verändert hatte; sie drang mühsamer in seine Nasenlöcher und verstopfte seine Lunge wie eine klebrige Flüssigkeit. Aber sie war nicht nur schwer, sondern kam ihm auch lärmender vor. Ein Gemisch aus Liedern, Reden, Schreien, Explosionen und Gebeten erfüllte seine Ohren. Alle Etappen seines Traumes, Albdrucks oder Deliriums türmten sich in seinem Kopf auf: die alte und die junge Frau, die Zerstückelung seines Körpers, der Bock, die Geschichte von den Wolken, der Untergrund und die Raben, der Baum des Lebens. Da war auch der Schmerz in seinem Kopf und die Müdigkeit, die jeden Teil seines Körpers so schwer machten, dass er den Eindruck hatte, sich an einem Bleiskelett aufrecht zu halten.
154. Während er seine Benommenheit mit Gähnen und Recken vertreibt, hört er Schreie, dann sieht er Hyacinthe, die nicht weit von der Werkstatt vorbeirennt. Ohne stehen zu bleiben, wirft sie ihm einen panischen Blick zu. Sie wird von einer Gruppe Männer verfolgt, mit Macheten und Knüppeln in den Händen. Ohne darüber nachzudenken, was er tut, lässt Niko einen Krug fallen, und das Scheppern lenkt die Gruppe ab, die stehen bleibt und auf ihn zukommt.

»Lasst sie laufen«, ruft einer der Männer sichtlich außer Atem. »Die kommt nicht weit. Wenn wir sie nicht wiederfinden, kümmern sich andere drum.«
Niko tut, als hätte er sie nicht gesehen, und liest die Scherben des Kruges auf.
»Träume ich, oder ist das ist unser Witzbold Niko?«, fährt der Mann fort. »Wir haben dich überall gesucht, Niko-Affengesicht.«
»Warum hast du dich denn versteckt?«, setzt eine andere Stimme nach.
»Du könntest wenigstens antworten, Schwachkopf. Dir fehlt es wohl an Respekt!«, schreit derjenige, der offenbar der Anführer ist, und richtet seine Waffe auf ihn.
»Er ist stumm«, korrigiert ihn einer der Männer, den Niko glaubt, schon gesehen zu haben, in der Schule vielleicht. Alphonse, erinnert er sich. Und als werde sein Gehirn von dem Baum des Lebens aus seinem Traum verdrängt, sieht er gleichzeitig das Blatt des Mannes wieder, allerdings ohne die Lebensdaten: »Alphonse Munyejabo, Studium der Naturwissenschaften, Händler, verheiratet mit Isabelle Uwimana, keine Kinder, Mörder, Gefängnis lebenslänglich.«
»Warum versteckst du dich?«
»Kennt einer diesen Mann?«, brüllt der Anführer.
Niemand antwortet, nicht einmal Alphonse. Warum tun die anderen, die er erkennt, als hätten sie ihn noch nie gesehen? Wie können sie ihn suchen, wenn sie nicht wissen, wer er ist? Jemand flüstert dem Anführer etwas ins Ohr.
»Komm mit uns!«, schreit man ihm zu.
155. Er hört, dass über ihn gesprochen wird. Der Anführer, der offenbar nicht aus der Gegend stammt, fragt, ob er wirklich stumm ist. Alle bestätigen es.

»Stumm wie ein Stein, und das schon immer«, versichert Alphonse, der sein Gedächtnis offenbar wiedergefunden hat.
»Gut. Stellt sich noch die Frage: Ist er einer von uns oder nicht, sonst brauchen wir ihn ja nicht mitzuschleppen. Wir machen ihn gleich hier eins kürzer, und gut ist.«
»Sein Vater ist einer von uns, aber seine Mutter, die vor langer Zeit gestorben ist, war eine Barbarin«, erklärt Alphonse.
»Ich wäre mir bei seinem Vater da nicht so sicher, er hat sich schließlich noch mal einen Maulwurf ausgesucht. Ist ein Bruder überhaupt noch einer von uns, wenn er einen Maulwurf heiratet, obwohl das Leben ihm die Chance gibt, seine erste Entscheidung zu korrigieren?«
»Auf keinen Fall«, entscheidet der Anführer. »Wir finden ihn schon noch, und wenn sein Sohn einer von uns sein will, wird er ihn selbst kleinhauen müssen. Das soll das Zeichen seines guten Willens sein. Andernfalls hauen wir alle beide klein.«
156. Das Gelände, auf dem er als Kind so viel Zeit beim Spielen verbracht hat, ist Schauplatz eines außergewöhnlichen, beunruhigenden Treibens. Woher kommen bloß all die Leute, fragt er sich. Während er langsam näher geht, bemerkt er, dass das Hin und Her nicht so ungeordnet ist, wie es scheint. In der Mitte sitzen Leute, gefesselt wie er selbst. Weiter hinten stapeln sich entstellte Leichen. Um die beiden Gruppen herum und zwischen ihnen hindurch laufen unterschiedlich bewaffnete Männer. Die meisten tragen Macheten. Manche haben auch Knüppel, Lanzen, Bögen, Sicheln, Forken, Scheren; alles, womit es sich schlagen, durchbohren oder aufschneiden lässt. Einige Männer, meist die, die die Befehle erteilen, haben Feuerwaffen. Man fordert ihn auf, zu den Gefesselten zu gehen. Er läuft hinüber. Dann gibt

er sich Mühe, so unscheinbar wie möglich zu bleiben, denn bemerkt zu werden, erscheint ihm in dieser Situation das Schlimmste von allem. Wenn er imstande gewesen wäre zu fliehen, sich unsichtbar zu machen, ja ohne Schmerz zu sterben, er hätte es getan. Etwas sagt ihm, dass dies der einzige und letzte Moment ist, in dem er diese Wahlmöglichkeiten in Betracht ziehen kann. Bald wird es zu spät sein.

157. Abgesehen vom Atmen, Zittern und Blinzeln mit gesenktem Blick ist das Zuhören das Einzige, was er gefahrlos tun kann.

»Denen da drüben muss noch schnell der Prozess gemacht werden.«

»Die anderen müssen wir hier wegschaffen, die fangen bald an zu stinken. Oder wir machen die Versammlungen woanders.«

»Die Nächsten erledigen wir besser irgendwo weiter weg.«

»Worauf warten wir? Wir kommen in Verzug.«

»Sie gehören ein bisschen zu uns, also muss man ihnen die Chance geben, sich zu bewähren. Außerdem können die Männer sich währenddessen ausruhen.«

»Zum Ausruhen ist jetzt keine Zeit. Wir brauchen sie bloß alle zusammen zu erledigen, ums Aussortieren soll Gott sich dann kümmern.«

Diese und andere Gesprächsfetzen dringen an sein Ohr, und jeder einzelne macht ihm klar, dass sein Leben über einem Abgrund baumelt, aufgehängt an einem dünnen Faden, der bei der nächsten jähen Brise zerreißen kann. Der Morgen verrinnt.

158. Die Gruppe, die ihn hergebracht hat, kommt mit neuen Gefesselten zurück, unter ihnen, wie er glaubt, auch Hyacinthe, und die Dinge beschleunigen sich.

159. Es sind um die dreißig, die sich bewähren sollen. Einen kurzen Moment lang ist er verdutzt, unter seiner Schädeldecke zieht sich das Gehirn zurück wie die Beine eines Kindes, dessen Fahrrad beängstigend schnell den Berg hinabrast.

160. »He, ihr da drüben! Also, es ist ganz einfach, so einfach, dass ihr im Prinzip nicht nachzudenken braucht. Wir können nicht wissen, ob ihr auf unserer Seite steht oder nicht. Wenn ihr uns beweisen wollt, dass ihr zu uns gehört, macht ihr ab jetzt bei unserer Arbeit mit. Sonst werdet ihr hier und jetzt hingerichtet. Um euch den ersten Schritt zu erleichtern, haben wir euch die zu eliminierenden Barbaren gleich mitgebracht. Ihr braucht sie nicht aufzustöbern, ihnen hinterherzurennen oder ihnen in aller Hektik eines überzuziehen. Wenn ihr euch bewährt, könnt ihr danach mit uns auf die Jagd kommen.« Der Mann mit der Kalaschnikow drückt sich feierlich aus, als ginge es darum, einen sportlichen Wettkampf anzusagen.

161. Einer von Gaspards Söhnen wird als Erster nach vorn gerufen. Ganz mit seiner Angst beschäftigt, hat Niko ihn nicht gesehen, und er ihn umgekehrt sicher auch nicht. Bei der Szene, die sich etwa dreißigmal wiederholen wird, stehen drei Personen hintereinander. Die Person, die zu sterben hat, kniet zuvorderst, mit dem Rücken zur Menge. Hinter ihr steht der, der sich bewähren soll. Man bindet ihn los, und er wählt seine Waffe: Machete, Knüppel ... alles, nur kein Gewehr. Ein dritter Mann ganz hinten zielt mit einem Revolver oder einer Kalaschnikow auf den zweiten. Der Schütze zählt von drei an rückwärts. Wenn der zweite Mann die kniende Person nicht vor null erschlagen hat, erschießt der dritte alle beide.

162. Gaspards Sohn heißt Anastase. Vor ihm kniet eine alte Frau. Sie weint, er zittert.
163. Drei, zwei, eins. Er zögert. Zwei Schüsse fallen. Die Körper von Anastase und der Alten werden dorthin geschleift, wo sich die anderen Leichen stapeln.
164. »Der Nächste!«, brüllt es. »Du da hinten!« Niko tut, als würde er zögern, nicht hören, dass man ihn meint, dann erinnert er sich, was ihn das kosten kann. Also geht er die wenigen Schritte, bis er das Opfer in Reichweite hat. Währenddessen schießen ihm allerlei Gedanken durch den Kopf: fliehen und eine Kugel in den Rücken bekommen, ein Unwohlsein vortäuschen und eine Kugel in die Brust bekommen, erklären, dass er das nicht tun kann, und eine Kugel zwischen die Augen bekommen. In jedem der Fälle würde man nach seiner Erschießung die Person, die zu sterben hatte, trotzdem töten, beide Leichen auf die anderen werfen und »Der Nächste!« schreien.
165. Was ist zu tun, wenn der Widerstand es selbst durch das eigene Opfer nicht vermag, irgendetwas oder irgendjemanden zu retten? Hat die Hand dessen, der auf diese Weise tötet, andere Gründe als den, sich selbst zu schützen? Warum ist Niko in diesem Augenblick unfähig zu tun, wozu er vor ein paar Minuten noch entschlossen war?
166. Der Mann, der vor ihm kauert, hat die gleiche Leibesfülle wie sein Vater und auch die gleiche Glatze. Er zappelt und steht sogar auf, um den Mann mit dem Gewehr um Gnade anzuflehen. Niko senkt den Kopf und schließt die Augen, während er auf das Rückwärtszählen wartet. Der Mann hat die gleiche Stimme wie sein Vater, aber das will nichts heißen, redet er sich ein. Er schließt die Augen fest genug, um nicht zu hören, wie der Mann ihm vertrauens-

voll und zuversichtlich sagt: »Das kannst du mir nicht antun. Ich bin sicher, dass du es nicht tust.«

167. Als Niko »drei« hört, öffnet er die Augen und richtet seine ganze Aufmerksamkeit auf diesen Nacken, der nicht der Nacken seines Vaters ist, sondern der irgendeines Menschen oder auch Tieres. Alles in ihm will ihn davon überzeugen. Hinter ihm lädt der Mann seine Waffe. »Mach den Kopf runter!«, würde Niko dem Mann am liebsten zurufen, als er hinter sich »zwei« hört. Er hat einen Knüppel gewählt, um kein Blut zu sehen. »Eins«. Er schlägt mit aller Kraft zu, und der Mann, der seinem Vater ähnelt, bricht zusammen, mit dem Gesicht auf die Erde, ohne ein anderes Geräusch außer dem der Keule, die ihm den Schädel zertrümmert. Die Versammelten applaudieren. Er kennt die meisten Gesichter. Aus Sorge, bloß keine Zweifel über seine Bewährungsprobe und seinen Einsatz aufkommen zu lassen, setzt Niko sogar ein Lächeln auf. Der Mann hinter ihm hat seine Waffe gesichert, um ihm die Hand zu schütteln, und erklärt ihm, der Knüppel gehöre nun ihm. »Der wird ab jetzt dein Arbeitsgerät. Er ist gut. Schlagkräftig. Wir brauchen Leute wie dich.« Niko ist nur damit beschäftigt, die Leiche, die man beiseiteschiebt, nicht anzusehen.

168. Hat er eben seinen Vater getötet? Niko redete sich ein, dass er es nicht wusste und es im Grunde auch keine Bedeutung hatte. Das Einzige, was ihn im ersten Augenblick beeindruckt hat, ist, dass der Mann gehorcht hat, als er ihm befahl, den Kopf zu senken. Warum gehorcht das Opfer seinem Henker, wenn es doch weiß, dass es keine Chance hat, ihm zu entkommen? Das beschäftigt ihn die ganze Zeit, während man die nächste Hinrichtung vorbereitet. Die, die

nach ihm dran sind, folgen seinem Beispiel und zögern nicht, als sie die Seite wählen müssen.

169. Warum hat der Mann ihm gehorcht, obwohl er doch wusste, dass er auf jeden Fall sterben würde? Vielleicht, denkt Niko, ging es darum, mit Höflichkeit und Gehorsam zu sterben, zwei Eigenschaften, die ihm vermutlich sehr wichtig waren. Heißt es nicht, im Angesicht des Todes entblöße man die geheimsten Eigenarten seiner Veranlagung? Er muss ein höflicher und gehorsamer Mann gewesen sein, sagt er sich immer wieder, wobei ihm auffällt, dass dies nie die Stärken seines Vaters gewesen sind, er also auch nicht der Mann war, den er getötet hat. Da kommt ihm ein anderer Gedanke. Wenn das Opfer die ihm gegebenen Anweisungen befolgt, dann vielleicht, um dem Henker die ganze Schuld zu überlassen; so als sagte es ihm: »Du hast keinen Grund, mich zu töten, und ich lasse dir nicht einmal den Vorwand, ich hätte dir den Gehorsam verweigert oder gegen dich gekämpft.« Gehorchen, um den Henker in seinem Verbrechen allein zu lassen, bis zuletzt. Es war aber auch möglich, dass der Mann bis zum Schluss und ungeachtet der ersten Hinrichtung geglaubt hatte, seine Einwilligung könne ihn retten. Der Gehorsam wäre dann ein Anzeichen für die Unbezwingbarkeit der Hoffnung, dieser letzten Zuflucht in ausweglosen Situationen. Bei den Tieren ist das ganz anders, sie bieten all ihre Energie auf und fliehen, sobald sie auch nur die entfernteste Bedrohung spüren. Liegt also der Hauptunterschied zwischen Mensch und Tier, so überlegt er, in ihrer Haltung angesichts des Todes? Die Menschen hoffen sogar dann noch, wenn der Tod gewiss ist, die Tiere dagegen zweifeln noch in der absoluten Sicherheit.

170. Während vor ihm die Hinrichtungen weitergehen, hält er die Augen geschlossen und überlässt sich endlosen Fragen. Entsteht die Grausamkeit aus einer Form von Instinkt, aus dem heraus man begreift, dass jede Auflehnung das eigene Leben kosten würde, ohne dass das an der Situation, gegen die man sich auflehnt, irgendetwas ändern würde? Rechtfertigt der Überlebenstrieb, dass man tötet? Ist es besser zu sterben, um nicht denjenigen zu töten, der sowieso sterben muss? Bruchstücke seiner früheren Lektüre aus der Bimo kommen ihm wieder in den Sinn. Die Ermahnungen eines gewissen Jesus und die eines Kant. Was hätten sie in derselben Situation getan? Und dann ist da dieser Satz, der sich nicht abschütteln lässt: »Von seinem Sohn getötet.« Hat er eben seinen Vater getötet?

171. Mit der Zeit fließt die Gefühllosigkeit wie Beton in ihn und gräbt sich in sein Gesicht. Seine ganze Mimik wird ausgelöscht und auf eine Art vollendete Maske reduziert. Eine Maske, bei der es dem talentierten Schnitzer gelungen wäre, die Illusion menschlicher Haut zu erschaffen, die Bewegung der Augen wiederzugeben und den Kiefer zu betätigen.

172. Nachdem auf dem unbebauten Gelände die Arbeit beendet war, nahm Niko die seinem Befehl unterstellten Männer mit in seine Werkstatt. Man musste sich mit neuen Macheten und Keulen eindecken, bevor man zur Tat schritt. »Der Besitzer dieser Machete ist der, der ihren Griff hält«, entzifferte einer von ihnen und wies darauf hin, wie lustig dieser Satz und seine Stelle auf dem Griff waren. »Ich hab noch was Besseres!«, schien Niko sagen zu wollen, als er ihnen die anderen Gerätschaften vorzeigte. Es waren dieselben Männer, die seine Erzeugnisse gestern noch lauthals lachend für scheußlich erklärt hatten.

Die nun schwer bewaffnete Gruppe beschloss, sich einen Namen zu suchen. Die Sorglosen, die Löwen, die Tollköpfe, die Ninjas, die Freiwilligen, die Leoparden. Die Vorschläge schwirrten nur so umher. Mit einem Wink hierhin und dorthin traf Niko seine Wahl: die Freiwilligen Tollköpfe. Mit einer bekannten Melodie, auf die sie ihren neuen Namen sangen, konnte die Jagd beginnen.

173. Was dann geschah, übersteigt an Schrecken und Grausamkeit alles, was die menschliche Fantasie nur erdenken kann. Nikos Gruppe tötete so viele Menschen wie irgend möglich, am Anfang auf Befehl und Weisung der Anführer, dann als Wettstreit – »Ich habe heute über zwanzig kleingehauen, und du?« – und schließlich aus Gewohnheit. Als es ihnen langweilig wird, geht es nicht mehr nur um die Anzahl der Opfer, sondern auch um die Art und Weise ihrer Hinrichtung: in Stücke gehackt, halb eingegraben und dann gesteinigt, mit dem Kopf nach unten aufgehängt und vieles mehr. Um abends die Erfolge des Tages zu feiern oder zu vergessen, fließen Bananenbier und -wein in Strömen, Fleischspieße und gegrillter Mais, so viel man will, werden bis tief in die Nacht aufgetragen. Man muss sich von der Arbeit des Tages erholen und Reserven für den nächsten Tag anlegen.

174. Gaspard starb, nachdem er an einem dieser Abende zu viel getrunken hatte. Seit er nicht mehr in der Werkstatt arbeitete, war das Trinken das Einzige, was er noch tat. Zur Unterhaltung seiner Zuhörer behauptete er, er versuche, den Durst zu löschen, den er sein Leben lang in der unerträglichen Hitze der Werkstatt angesammelt hatte. Als sein Onkel auf seinem Sitz plötzlich zusammenbrach, war Niko der Einzige, den das etwas kümmerte, und er ließ Essen und Trinken fallen und stürzte zu ihm. Er stellte fest, dass

Gaspard dahingegangen war, drückte seine Augen zu und zog den Leichnam nach draußen. Er verspürte eine Traurigkeit wie die, die er wahrscheinlich beim Tod seines Vaters empfunden hätte, wenn dieser sich wie einer verhalten hätte. Er hörte niemanden mehr je von Gaspard reden.
175. Wie lange hat das alles gedauert? Wie viele Menschen hat er getötet? Seit jenem ersten Mann, den er erschlagen hat und der unmöglich sein Vater sein kann, empfindet er den Tod nicht mehr als Ereignis. Sogar die Traurigkeit nach Gaspards Tod war flüchtig. Alles, was folgt, ist nur die Folge jener ersten Geste, ein wirrer und ermüdender Strom. Dann und wann fällt ihm ein Satz ein: »In manchen Fällen ist es genauso verführerisch, grausam zu sein, wie gut.« Er hatte damals nicht begriffen, dass die Versuchung die der Sicherheit ist. Es wird ihm bewusst, dass die Wahl »in manchen Fällen« nicht darin besteht, das Grauen zu akzeptieren oder abzulehnen, mitzumachen oder sich fernzuhalten, sondern darin, zu denen zu gehören, die es ausführen, oder zu denen, die es erleiden. Zwei Optionen, zwischen denen man sich entscheiden muss.
176. Inmitten des großen Schlachtens fühlt Niko sich wohl. Er ist in gewissem Maße glücklich. Zum ersten Mal in seinem Leben ist er Teil einer Gemeinschaft, erfährt Respekt und unbegrenzte Macht. Seine Stummheit trägt dazu bei, seine Autorität bei den Freiwilligen Tollköpfen und außerhalb der Gruppe durchzusetzen. Seine Männer folgen ihm aufs Wort, und nie gibt es innerhalb seiner Gruppe die ganzen Diskussionen, die die Arbeit der anderen verzögern. Am Anfang hatte einer versucht, gegen seine Methode zu protestieren, wobei er argumentierte, dass die Arbeit zwar getan werden musste, sie aber nicht gezwungen waren, mit

solchem Eifer daranzugehen. Schließlich haben wir ja nichts gegen diese Barbaren, die seit ewigen Zeiten nichts weiter sind als unsere Nachbarn und Freunde, behauptete der Mann sogar. Mit einem Knüppelschlag vor die Stirn streckte Niko ihn nieder, und von dem Tag an kommentierte niemand mehr, wie er seine Gruppe führte.

177. Doch natürlich ging das Gemetzel nicht ewig. Eines Tages war niemand mehr da, um getötet zu werden. Die Routine kam zum Stillstand und mit ihr die Illusion, an die Niko sich seit dem Tag klammerte, als er den Mann, der die Züge seines Vaters trug, umbrachte.

178. Ist ein Mörder es nur exakt im Augenblick des Mordes? Wie bestraft man jene, die wie Niko so oft getötet haben, dass sie ihre Opfer nicht mehr zählen können? Was erwartet man von so einer Bestrafung?

179. Wenn niemand mehr zum Töten da ist, braucht das Leben Zeit, um wieder in Gang zu kommen. Zuerst müssen die überall verstreuten Leichen begraben werden. Und dieselben, die gestern noch Menschen erschlugen, wie man ein Hirsefeld umlegt, wundern sich, dass sie überall Leichen finden: an den Bäumen, auf den Straßen, in den Flüssen, in den Möbeln der Häuser, in den Kirchen, überall. Die Begräbnisse gehen ohne jede Zeremonie vonstatten. Es geht nur darum, den Gestank loszuwerden. Schnelle Beerdigungen, nicht aus Respekt vor den Toten, sondern damit die Mörder und ihre Komplizen vergessen können, was sie getan haben und was nicht. In der Stille seiner Gedanken gesteht Niko sich dies von Anfang an als seine Hauptmotivation ein. Wenn es keinen Beweis mehr dafür gibt, dass Menschen gestorben sind, können alle so tun, als wäre nichts geschehen, und es zuletzt womöglich sogar glauben.

180. Die Auslöschung, dann das Vergessen wurden ohne Aufschub ausgeführt. Niemand sprach von den Massakern, auch nicht andeutungsweise. Die Gestorbenen hatten gewissermaßen gar nicht existiert, ihr Besitz hatte ihnen nie gehört, und wer diese Pflicht zum Vergessen nicht anerkannte, musste gehen, irgendwohin, wo er mit seinen Erinnerungen niemanden störte. Um diese Arbeit zu vollenden, wurden verschiedene Wörter, die eine mehr oder weniger offensichtliche Verbindung zu den Massakern hatten, aus der Sprache verbannt.
181. Waren die Blutspuren also doch nicht unauslöschlich, wie es im Sprichwort heißt?

***

Während sie dasitzt und weiter träumend oder dösend den Schritten ihrer Erinnerungen folgt, zieht der Tag sich zurück. Man erkennt es daran, dass das Licht sanfter auf ihr Gesicht fällt, ein wenig anders als noch vor ein paar Augenblicken. Nicht ein einziges Mal hebt sie den Kopf, um zu sehen, was sich weiter hinten befindet auf jenem überfüllten Pfad, auf den ihr Gedächtnis sie zieht. Es ist ihr egal. Es ist zu spät, um sich Sorgen zu machen, wohin das Wühlen in Erinnerungen sie noch führen mag. Die etwas ruhelose, aber warmherzige junge Frau, die wir eingangs kennengelernt haben, ist zu einer steinernen Marionette geworden. Sie hält etwas in ihren Händen, das kein Stift mehr ist. Wir beugen uns über ihre Schulter, um besser sehen zu können, was es ist, aber der Gegenstand, der zwischen ihren Beinen in den Falten des langen, schwarzen Rockes baumelt, ist unmöglich zu erkennen.

Sie erinnert sich an jenen Tag, als sie nicht umhin gekonnt hatte, ihre Überraschung zu zeigen. Kizitos »Daheim« war ein Zimmer in einem Haus, das er mit einer wechselnden Anzahl Menschen teilte, Familienmitgliedern, Freunden und Freundesfreunden. Sie richtete sich darin ein, wobei sie bewusst genug Platz ließ, damit der Raum auch als Büro dienen konnte. Hier würde sie ihre Interviewpartner empfangen. Da Kizito und sie nicht offiziell zusammen waren, musste er ständig die umlaufenden Verdächtigungen abwehren und versichern, dass er sie nur am Tag besuchte.
Nach einer Zeit der Entmutigung beschloss sie, die Stiftung zu vergessen und ihr Projekt auf eigene Faust voranzutreiben. Wie bei einer Meinungsumfrage würde sie nach Zonen vorgehen und die Menschen nach dem Zufallsprinzip ansprechen. Denen, die bereit wären, stehen zu bleiben und ihr zuzuhören, würde sie ihr Ziel erklären. Diejenigen, die ihr ihre Erinnerungen anvertrauen wollten, würde sie hierher bringen. Sie würde ihnen zuhören, ohne sich Notizen zu machen, um sie nicht zu stören. Sobald das Interview zu Ende war, würde sie die Geschichte niederschreiben und es so einrichten, dass sie auf eine Seite passte. So lautete das Protokoll, das sie sich vorstellte und an das sie sich zu Beginn auch hielt.
Ihre erste Zone entsprach dem direkten Umkreis ihres Wohnorts. Sobald sie am Morgen aufgestanden war, verwandelte eine Holzplanke das Bett in eine Sitzbank, und der Tisch wurde von allem befreit, was ihn hätte überfüllen können, sodass er zum Schreibtisch wurde. Dort klappte sie ihren Laptop auf, der dauernd ausgeschaltet war, weil sie ihn nicht benutzte. Sie hatte immer Angst, dass ihre Arbeit bei einem Stromausfall verschluckt würde. Das Gerät dien-

te allein dazu, der Umgebung ein wenig Seriosität zu verleihen. Für ihre Notizen benutzte sie Hefte, die bald schon einen ebenso respektablen wie ermutigenden Stapel bildeten.
Sofort nach einem Interview schloss sie sich im Zimmer ein, um den Bericht niederzuschreiben. Besänftigt ging sie dann wieder auf »Zeugenfang«, wie Kizito sagte, oder sie gesellte sich zur übrigen Hausgemeinschaft und deren Beschäftigungen.
Währenddessen war Kizito mit seinem Taxi in der Stadt unterwegs. Wenn er heimkehrte, erzählten sie sich ihren Tag und staunten über ihre Freude, sich wiederzusehen. Er behauptete auch, er sei, wie er sich ausdrückte, »geschockt«, seine »kleine Französin« jeden Tag noch schöner vorzufinden. Mit dieser doch altbekannten und sicher abgeschauten Formulierung gelang es ihm, ihr etwas einzuflüstern, das sie berührte. Sie antwortete ihm, dass ihr zur waschechten Französin etwas fehle: die Fähigkeit, auf seine offenbar unerschöpflichen Komplimente rot zu werden.
Wenn wir uns ihrem Gesicht nähern, sehen wir, dass sie weint. Ist es ihr Leben, das da Träne um Träne über ihre Wangen rinnt? Ist es ihr Leben, das sie nicht zurückzuhalten versucht und auf ihren Kleidern zerplatzt, bevor es dort aufgesogen wird?

ZEHN

182. Als es keine Spur der Gemetzel mehr gab, nahm Niko seine Tätigkeit in der Werkstatt ohne zu zögern wieder auf. Die Geschäfte liefen allgemein weniger gut, weil es an Kunden mangelte, aber niemand beklagte sich darüber. Und Niko schon gar nicht, denn für ihn konnte es nicht schlimmer werden als vorher, als man ihn unter anderem wegen seiner Sätze und Zeichnungen auf den Gerätschaften ignoriert hatte. Die anderen trösteten sich, indem sie sich einredeten, es sei doch gar nicht so schlecht, weniger Arbeit zu haben: Man brauchte weniger Wasser zu schöpfen, die Händler hatten weniger Säcke zu tragen, der Bürgermeister weniger Leuten zuzuhören, der Taxifahrer weniger Fahrgäste zu befördern und so weiter. Niko schloss sich dieser Art, die Dinge zu sehen, an, denn da in der Werkstatt jetzt noch weniger los war, hatte er mehr Zeit, um seinen Erzeugnissen den letzten Schliff zu geben. Stundenlang feilte er an der Krümmung einer Sichel, der Rundung eines Kruges oder der Festigkeit eines Griffs. Und doch hatte er aus einem unerfindlichen Grund aufgehört, Sätze und Zeichnungen in seine Erzeugnisse zu gravieren. Er bevorzugte nun geometrische Figuren, die er sich mit offenkundigem Interesse und Talent ausdachte. Er hatte wohl kein Bedürfnis mehr, auf sich aufmerksam zu machen. Es umgab ihn

noch immer die Aura, die er sich in der Zeit, die man nicht erwähnen durfte, erworben hatte. Niemand nannte ihn mehr Niko-Affengesicht.

183. Gleichwohl war diese Normalität, an die Niko sich klammerte, zu zerbrechlich, um von Dauer zu sein. Da er um ihre Unbeständigkeit wusste, hielt er sie umso fester, was sie noch zerbrechlicher machte.

184. Kann ein Mörder zu seinem früheren Leben zurückkehren wie der Wanderer, der nach der Überquerung des Sumpfes wieder in seine Sandalen schlüpft? Kann man aufs Neue ein normaler Mensch werden, indem man die gewohnte Tätigkeit wieder aufnimmt und sich und die Außenwelt von jeder Erinnerung an das Verbrechen säubert? Wird es, nachdem man einem anderen das Leben genommen hat, unmöglich, über das eigene zu verfügen?

185. Wie dem auch sei, es verstrich viel Zeit, in der Niko keine andere Sorge hatte als seine Werkstatt. Dann und wann machte ihm nur sein Rückstand gegenüber den Männern seines Alters zu schaffen. Alle zogen bereits mehrere Kinder groß, er dagegen hatte noch nicht einmal ein Mädchen gehabt. Aber er vermied es, zu viel daran zu denken, denn die Lösung des Problems hing nicht von ihm ab, sondern von dem, der bei seiner Geburt die Idee gehabt hatte, ihn nicht nur stumm zu machen, sondern ihm auch noch ein Lächeln zu geben, das alle bis hin zu den Kühen vergraulte (er hatte mehrmals versucht, ihnen zuzulächeln, aber sie hatten kategorisch die Flucht ergriffen). Meistens dachte er ohne Verbitterung daran; er stellte es nur resigniert fest.

186. Eines Tages, er hat die Werkstatt eben geschlossen und genießt noch die Befriedigung über die Erzeugnisse des Ta-

ges, da bemerkt er in einiger Entfernung ein junges Mädchen, das einen Kanister auf dem Kopf und einen anderen in der Hand trägt. Beim Anblick ihres Ganges blitzt in ihm das Bild von Hyacinthe und jenem Tag auf, als er sich vom Aufprall des Kruges erholte und sie gehetzt an seiner Werkstatt vorbeirannte. An jenem Tag war er ein Freiwilliger Tollkopf geworden und ... »Von seinem Sohn getötet«, der Satz brandet wie eine Sturmflut in ihm auf. Er versucht, ihn irgendwie verebben zu lassen, doch statt abzufließen, schwellen die vier Wörter in seinem Kopf an, bis sie allen Platz einnehmen. Als er es schafft, sich abzuwenden, sieht er die Gesichter seiner Opfer, hört ihre Schreie. Und der Satz ist wieder da: »Von seinem Sohn getötet«, wie eine Anklage, verstärkt von den Szenen, die so schnell aufschießen, dass er meint, in jene Zeit zurückzukehren, die auszulöschen er so mühevoll versucht hat. Die Augen. Die Körper. Die Schreie, deren Worte er ignoriert hat. Das Blut. Je mehr er sich sträubt, desto stärker wird der Ansturm. Sein vor ihm kniender Vater sagt immer wieder: »Ich hatte dir doch gesagt, du sollst nicht denen nachgeben, die Antworten haben«, und er sieht sich selbst wieder, wie er ihm auf den Hinterkopf schlägt mit jenem riesigen Knüppel, der später so viele andere Schädel sein Gewicht spüren ließ. Der klebrige Strom dieser Bilder überflutet seinen Geist. Die Frau, die er dabei überraschte, als sie sich gerade erleichterte, bestimmt vor Angst. Sie hatte ihn angefleht abzuwarten, bis sie fertig war, aber er hatte nichts hören wollen. Die beiden Kinder, die er lebend eingraben ließ, um sie dafür zu bestrafen, dass sie ihn so lange hatten rennen lassen. Die junge Frau, die ihr Baby in den Fluss warf, als sie sah, dass er seine Männer in ihre Richtung hetzte. Der junge Mann, den er dazu zwang, seine Eltern zu töten, bevor er sein Versprechen, das er ihm durch einen seiner Männer gegeben hatte, brach und ihn erschoss. Gaspards Tod inmitten der Gleichgültigkeit einer Feier nach einem guten Arbeitstag.

187. Er wandert wie selbstverständlich durch all diese Szenen, die sein Gedächtnis heraufwürgt. Bei dem, was er denkt, sieht, hört und tut, scheint er keine Hemmungen zu kennen. Menschen als Barbaren bezeichnen, von denen er nichts weiß außer diesem Vermerk auf ihrem Personalausweis. Die grundlegende Frage nach dem Warum verdrängen. Wieso hat er sich nicht gefragt, warum er das alles tut? Sich damit zufriedenzugeben, dass man ihn »Chef« nennt. Literweise Bier hinunterstürzen und kiloweise Fleisch verschlingen, im blinden Jubel zwischen den Toten. Mit Leidenschaft ans Werk gehen, jeden Morgen wieder, monatelang, als ginge es zum Fußball. Gelassen bleiben, als es vorbei ist. Zum normalen Leben zurückkehren, indem man einfach die Leichen beiseiteschiebt. Über den Blut schwitzenden Boden gehen, leichten Herzens, und sei es auch nur zum Schein. Sich die Zeit damit vertreiben, Figuren zu erfinden und auf Gegenstände zu ritzen.

188. Ist der Mord deshalb unverzeihlich, weil die einzige Person, von der gültige Vergebung kommen könnte, nicht mehr da ist?

189. Er erinnert sich auch an jene Warnung in seiner Vision, als er bewusstlos dalag. Er entsinnt sich nicht einmal, dass er versucht hätte, sie im Gedächtnis zu behalten oder gar sie den anderen mitzuteilen. Das hätte es ihm erspart, zur Grausamkeit Arroganz und ein gutes Gewissen zu gesellen.

190. Plötzlich und zum ersten Mal fühlte sich Niko zu klein für das, was er gesehen, getan und gehört hatte. Die Gefühle, die zu empfinden er sich so sehr gehütet hatte, strömten über und ergossen sich unaufhaltsam vor ihm auf den Boden in Form von Erbrochenem. Die Übelkeit schüttelte ihn, als sollte er umgestülpt werden und nach außen kehren, wer er eigentlich war. Niko wusste, wie er, so zur Schau gestellt, aussehen würde, und empfand noch größeren Ekel. Auch zitterte er, als sei die Selbstsicherheit, in die er sich gemummt hatte, von seinen zu schwachen Schultern abgefallen. Er stand jetzt in obszöner Nacktheit da. Seine eigene Existenz sah ihn mit enttäuschten Augen an, als wollte sie ihm sagen, dass er sie nicht mehr verdiene.
191. Als er endlich wieder zur Besinnung kam, brauchte er nicht lange nachzudenken, bevor er sich zum Weggehen entschloss. Es schien ihm dringlich und lebensnotwendig, so weit weg und so einsam wie möglich zu sein. Die Welt konnte in ihm nichts als unerträgliche Erinnerungen mehr wecken. Er musste sich ihr entziehen.
192. Der entfernteste Ort, der ihm bekannt war, der einzige, an dem er allein sein konnte, war die Höhle der Insel, die er am Tag seiner Initiation betreten hatte. Er nahm den Umhang mit, den er beim Verlassen der Werkstatt immer umlegte, um von der Außentemperatur nicht allzu hart erwischt zu werden. In eine Tasche, die an dem als Gürtel dienenden Seil hing, steckte er eine Feldflasche mit Bananensaft sowie für alle Fälle Streichhölzer und eine Rolle dicker Schnur, an der er für gewöhnlich seine Gefäße zum Trocknen aufhängte. Ohne Hoffnung, sie später benutzen zu können, nahm er auch ein Tütchen Sonnenblumenkerne mit, die er im Tausch gegen eine Hacke bekommen hat-

te und die er pflanzen wollte. Zuletzt griff er gewohnheitsmäßig nach einem Stock und einer Machete, die unabdingbar war, damit er sich einen Weg bis zur Höhle schlagen und sich sicher fühlen konnte.

193. Er dachte kurz daran, Bescheid zu sagen, dass er wegging, und sich zu verabschieden. Aber dann wurde ihm klar, dass seine Abwesenheit sicher niemanden schockieren würde. Auch wenn man ihn im Dorf zumindest nicht mehr laut Niko-Affengesicht rief, so war er deshalb nicht weniger allein. Nach einer gewissen Zeit würde die Werkstatt geplündert oder von jemand anderem übernommen werden, und seine Spuren, ja sogar die Erinnerung an ihn wären ausgelöscht. Er wäre nichts mehr. Wenn er seinen Aufbruch ankündigte, würde vielleicht auch irgendjemand aus Höflichkeit versuchen, ihn zurückzuhalten, und das hätte er nicht ertragen. Sein Bedürfnis wegzugehen war zu drängend. Er trat also ganz normal aus seiner Werkstatt, wie für einen Spaziergang, ohne auch nur die Tür zuzuschlagen. Er wusste, dass er nie mehr einen Fuß hineinsetzen würde.

194. Ein Pfad hinter der Werkstatt führt auf die Straße nach Westen. Es ist eine staubige, schmale Straße, die morgens und abends von den Dorfbewohnern verstopft wird, die sich zu Fuß, per Rad oder Auto zur Arbeit begeben oder wieder heimkehren. Da es mitten am Tag war und eine unversöhnliche Sonne die Vagabunden in ihren Unterschlüpfen festhielt, kam er beinahe ohne Unterbrechung voran. Nur der Fahrer eines Lieferwagens behelligte ihn, indem er ihm anbot, ihn ein Stück mitzunehmen. Nach einer langen, geraden Strecke durchs Tal stieg die Straße den Hügel von Mukanezas Brust empor (jeder der Hügel sollte die Brust einer sagenumwobenen Schönheit darstellen). Auf der

Höhe war eine kleine Ortschaft, deren Zentrum eine Tankstelle bildete, die offenbar zugleich auch Marktplatz und Taxistand war. Dort zwang die Müdigkeit ihn, sich hinzusetzen. Einen Moment lang bedauerte er, dass er das Angebot des Lieferwagenfahrers nicht angenommen hatte, der geglaubt haben musste, dass er per Anhalter fuhr. Er wäre um diese Uhrzeit bereits ein gutes Stück vorangekommen, stellte er bedauernd fest, vielleicht wäre er sogar schon am See. Aber diese Art Freundlichkeit konnte er nicht annehmen. Seine eigene Existenz kam ihm vor wie eine Art Freundlichkeit, die das Leben ihm erwies und die es ihm nicht mehr anzunehmen gelang. War das blutige Wüten, zu dessen schlagkräftigsten Armen er gezählt hatte, nicht eingeläutet worden von der Preisgabe eben dieser Freundlichkeit, Zeichen grundlegender Achtung? Da die Freundlichkeit bekanntermaßen dazu führt, dass man sich den anderen gegenüber so verhält, wie man umgekehrt von ihnen behandelt werden will, ist sie das Erste, was vergessen wird, wenn die Waffen das Wort ergreifen. Niko erinnert sich, sehr rasch begriffen zu haben, dass es darum geht, den anderen vorbeugend zu vernichten, weil man davon überzeugt ist, dem Übel, das er zu tun droht, zuvorzukommen. Warum sollte er ein Anrecht auf diese Freundlichkeit haben, die er als Erster mit Füßen getreten hat? Warum soll er akzeptieren, dass er immer noch am Leben ist oder beim Trampen mitgenommen wird?
195. Bei diesen Gedanken schossen ihm neue Bilder durch den Kopf, ohne dass er irgendeine Ausflucht fand, um ihre Unerbittlichkeit auf Distanz zu halten oder abzuschwächen. Als er Chef der Freiwilligen Tollköpfe war, hatte er einen seiner Männer nicht nur seiner Arbeit wegen geschätzt,

sondern vor allem weil er mit seiner Begeisterung den Rest der Gruppe ansteckte. Eines Tages machte dieser Mann, der eben innegehalten hatte, ein kleines Mädchen kleinzuhauen, dem er schon den Schädel gespalten und den Arm, mit dem es sich zu schützen versuchte, abgeschlagen hatte, eine Bemerkung. Er wunderte sich, dass das Blut der Barbaren so schnell hervorschießt, als wäre es nicht seine natürliche Aufgabe, den Körper zu nähren, sondern die Erde. Das Mädchen, das noch kämpfte, brach zusammen und lag still. Vielleicht befreien wir sie von etwas, das nicht in sie hineingehört, setzte er nach. Wie hat er diese Worte lustig finden und seiner Truppe erlauben können, darüber zu lachen? Kann er heute, ohne an der Scham zu ersticken, akzeptieren, dass man höflich zu ihm ist? Geht es wirklich um Freundlichkeit? Wiederum überkam ihn die Übelkeit, und er gab sein Innerstes von sich. Die Gesichter, auf die er gespuckt hat, bevor er sie entstellte. Die Leichen, auf die er sich erleichtert hat, als sei seine ganze Person auf den Hass auf die Barbaren zusammengeschrumpft. Die junge Frau, von der er verlangt hat, nett zu ihm zu sein, ohne dass er deshalb anschließend nett zu ihr gewesen wäre. Er hat sie seinen Tollköpfen überlassen. Das gegenseitige Schulterklopfen am Anfang oder Ende des Tages, um sich Mut zu machen, um sich zu gratulieren. Die so sorgfältig geschärften Macheten. Die Körper, in Gräben geworfen, verbrannt, versenkt, zermalmt, zersetzt. Die Rückkehr zum normalen Leben. Die Krüge, die ruhig in dem Ofen trockneten, in dem so viele Leichen verschwunden waren. Die Figuren, die mit jenem Spitzeisen eingeritzt waren, das so viele zum Reden brachte, die versucht hatten, Barbaren zu verstecken. Die Nächte, die er friedlich in demselben Zimmer verbrachte, in dem er zahllose weibliche Gefangene demütigte, die ein paar Tage später sterben würden, manchmal durch seine eigene Hand. All diese Bilder schwirren ihm durch den Kopf und ziehen sich zusammen zu einem gewaltigen, weißen Blitz.

196. Als er erwachte, war es dunkel, und er wurde von Lichtern umringt, dahinter Stimmen, die ihn fragten, ob es ihm besser gehe. Er nickte, trank das Glas Wasser, das man ihm reichte, machte ein Gesicht, das Dank ausdrücken sollte, verabschiedete sich und ging. Er musste von allem wegkommen, von allem, was ihn wieder in jene Zeit versetzte, deren Erinnerung sich in diesen Anfällen von Zittern, Erbrechen und Ohnmacht äußerte. Er musste wegkommen, sonst hätte er, da er nichts mehr von sich zu geben hatte, bald Blut, Hirn und Zunge gespuckt. Allein die Höhle, ihre Abgeschiedenheit und ihre Dunkelheit konnten ihn vor diesen unerträglichen Gedanken retten, vor dem Zittern, dem Erbrechen und der Bewusstlosigkeit, die sie begleiteten, dachte er und versuchte, schneller zu gehen.

197. Auf seinem Weg durfte er vor allem jene Kirche nicht sehen, in der die Tollköpfe mit ihm an der Spitze mehrere Hundert Menschen ausgelöscht hatten. Dieser Angriff war von allen, bei denen er mitgemacht hatte, der bei Weitem schwierigste gewesen und hatte seine Autorität über seine Gruppe endgültig gefestigt. Alle hatten sich übrigens damit gebrüstet und ein paar Bier und leckere Fleischspieße als Belohnung für das Heldenstück bekommen. Auch sonst musste er sich auf seinem Weg vor so manchem hüten, vor am Boden liegenden Baumstämmen, vor Gestalten, die ihn an Hyacinthe hätten erinnern können, vor Leuten, die ihn gegrüßt oder wiedererkannt hätten, vor Angreifern, deren

Gewalt er nicht die Stirn hätte bieten können. Als wäre das nicht genug, waren da auch die Geräusche der Natur, das Brausen des Wasserlaufs, das Rauschen des Windes in den Bäumen, die Schreie der Tiere, und alles konnte ihn jederzeit in einen Albtraum versetzen, der ihn aufwühlen würde bis zur Bewusstlosigkeit.

198. Er ging mit gesenktem Kopf vorwärts, wobei er sich an kleine Pfade hielt und die Nacht nutzte, um so weit wie möglich voranzukommen. Trotz seiner Vorsichtsmaßnahmen musste er mehrmals stehen bleiben, überrascht von einem Detail, das Bestürzung und nicht zu unterdrückende Krämpfe auslöste.

199. Kurz vor der Morgendämmerung kam er am Ufer des Sees an. Er suchte nicht lang nach einem Boot. Dass er es stahl, ließ sein Gewissen kalt, das von sehr viel schlimmeren Vergehen gequält wurde.

200. Die Überfahrt wurde beschwerlich. Er war erschöpft, und das Schaukeln der Piroge, so schwach es auch war, trug zu seiner Übelkeit bei. Während der Fahrt lenkte er sich mit der Betrachtung der Insel ab, die sein Wohnsitz werden sollte und deren Form so deutlich an eine Nase erinnerte. Die Schatten der Vegetation beschrieben die Nasenlöcher und verstärkten so das Bild. Von der aufgehenden Sonne bestrahlt, tauchte die gewaltige Nase vor ihm auf. Je nach Winkel und Licht erschien sie fein oder massiv, kurz oder länglich. Staunend erkannte Niko sogar mehrmals einen Atemhauch, der, wie er später feststellte, nichts weiter war als Nebel. Nach dem Anlegen machte er sich nicht die Mühe, die Piroge festzumachen. Er schob sie einfach hinaus ins offene Wasser. Vielleicht stellte er dadurch sicher, dass es für seine Reise keine Rückkehr geben würde. Oder beab-

sichtigte er mit dem schwachen Stoß, dass die Piroge zu ihrem Besitzer zurückkehrte?
201. Vor ihm breiteten sich mehrere Schritt weit Sand und schwarzer Felsen aus. Dahinter begann der Wald, durch den er sich einen Weg würde bahnen müssen. Zum Glück hatte er seine Machete und einen Stock mitgenommen. Bevor er weiterging, musste er essen. Er grub zwei unverhoffte Süßkartoffeln aus, zu denen er Bananensaft trank. Die Geräusche der Umgebung – die kleinen Wellen, der Wind und die Schreie der Tiere, Ibisse, Raben oder Zwergmeerkatzen – weckten keine unheilvolle Erinnerung.
202. In diesem Augenblick glaubte er, in dem Muster der Wolken am klaren Himmel zu lesen, dass sein Leben voller Missbilligung auf ihn blickte. Daher konzentrierte er sich auf die Kartoffel, die er bedächtig schälte und kaute, und auf die Feldflasche mit Saft, von dem er jeden Tropfen genoss. Nach diesem langen Ausweichmanöver, während sein Leben ihn immer noch anstarrte und seine tiefe Enttäuschung in eine unergründliche Traurigkeit überzugehen schien, konnte Niko nichts anderes tun, als zwei scheinbar nicht versiegende Reihen feuchter Perlen über seine Wangen rinnen zu lassen.
203. Zum ersten Mal in seinem Leben empfand er seine tonlose Kehle als ernsthafte Behinderung. Er hätte eine Stimme haben wollen, um richtig schreien und weinen zu können.
204. »Lieber Leser, wenn Du dieser Erzählung aufmerksam gefolgt bist, weißt Du, was in der Folge passiert. Die Besteigung des Hügels, der Wachposten in der Baumkrone, das Betreten der Höhle, der Sturz, das Wecken durch den Schutzengel, dessen Tod, Nikos Unterwerfung in der Affen-

gruppe und dazwischen seine ständigen Fantastereien, Fragen und Abschweifungen. Allerdings weißt Du nicht, was ihm widerfahren ist, seit wir ihn verlassen haben, um sein früheres Leben zu erkunden. Diese Erkundung hat womöglich die Sympathie, die Du für Niko vielleicht gehabt hast, aufgerieben. ›Verwahrlosung und Vergessen sind das Mindeste an Frustration, was man Menschen wie ihm anzutun hat!‹, würdest Du vielleicht am liebsten rufen. Vielleicht ärgerst Du Dich auch über Dich selbst, dass Du dieses Grauen nicht auf den ersten Blick bemerkt hast. Möglicherweise zweifelst Du sogar daran, dass der sympathische und naive Niko, der am Rande eines Wasserbeckens vom Glück träumte, derselbe ist wie der, der so viele Menschen getötet hat. Niko zu folgen oder zögern, es zu tun, läuft auf die Frage hinaus, ob ein Mörder nur im Augenblick des Tötens ganz im Mord aufgeht. Oder ob ihn die Tat, sobald er sie begangen hat, vollkommen und endgültig aufsaugt. Was würdest Du auf die Behauptung erwidern, selbst der verbissenste Mörder verschmelze nur genau in dem Moment, wo er die Tat begeht, mit ihr? Vor der Tat liegt im Mord noch nichts von dem künftigen Mörder, und danach lässt sich der Schuldige nicht mit ihr gleichsetzen. Der Teil, der nicht mit dem Mörder in eins fällt, und der Wert, den man ihm beimisst, erlauben es vielleicht zu entscheiden, ob man in Nikos Gesellschaft bleiben will oder nicht.«

205. Ist diese Unterscheidung eine Art, die Frage nach der Vergebung zu stellen? Ist der Vergebung eine Grenze gesetzt? Wenn ja, welche Strafe ist dem angemessen, was Niko und so viele andere wie er getan haben?

***

Es war noch nicht lang her. Wenn sie sich die Mühe machte, sich daran zu erinnern, wüsste sie Tag und Uhrzeit ganz genau. Aber die Tage und Stunden hat sie nie ernst genommen. Es ist nicht so, dass sie sie nicht bemerkt oder sie vergisst. Sie hält sie für Details, die das Erinnern nicht lohnen.
Das Hotel hatte ihr einen Boten geschickt. Es war Post für sie da, und sie machte sich sofort auf den Weg. Es lagen zwei Umschläge für sie bereit: ein großer und ein kleiner. Neugierig öffnete sie den ersten.
»Liebe Isaro, geliebte Tochter.« Das konnten nur ihre Eltern sein. Der Satz umhüllte sie wie eine zärtliche Umarmung. »Du kannst Dir nicht vorstellen, wie groß unsere Freude, unsere Erleichterung und unser Stolz waren, als wir Deinen Brief erhalten haben. Deine Mutter und ich waren lange ganz gerührt und konnten es nicht glauben. Es ist nicht so, dass wir nicht mehr auf eine Nachricht von Dir gehofft hätten, aber weil wir glaubten, dass Du nichts mehr mit uns zu tun haben wolltest, haben wir uns so sehr Deinem Willen gebeugt, dass wir völlig überrumpelt waren. Noch heute, während meine Finger über dieses Blatt gleiten, ist es mir nicht gelungen, die Selbstsicherheit und Ruhe wiederzufinden, mit denen ein Vater sich an seine Tochter wendet. Es ist mir eher, als steckte ich in der fiebrigen Haut eines Heranwachsenden, der Wörter schreibt, bei denen er zweifelt, ob er sie formulieren darf. Deine Mutter ist nicht sicher, dass dieser Vergleich so angemessen ist, aber das ist mir egal. Er drückt exakt aus, was ich empfinde, und das ist alles, was zählt.« Bei diesen Worten hatte sie gelächelt. Sie sah darin ihre Eltern wieder, wie sie sie immer gekannt hatte, jeder in seiner unveränderlichen Rolle: ihr

Vater exzessiv, autoritär und liebevoll, ihre Mutter mit denselben Charakterzügen, nur weniger frontal.
Wäre sie jetzt imstande zu lächeln? Das ist unwahrscheinlich. Es ist unmöglich.
»Aber wir wollen Dir nicht von unseren Zankereien berichten. Uns ist vor allem wichtig, dass Du Dir nichts vorwirfst. Es stimmt, dass Dein plötzliches Weggehen uns unglücklich gemacht hat. Trotzdem liegt es uns fern, Dir deshalb böse zu sein, haben wir darin doch das Zeichen einer Verletzung gesehen, die im gleichen Maße schmerzhaft gewesen sein muss, wie Deine Tat heftig war. Das Schwerste war, dass Du so abrupt alle Brücken hinter Dir abgebrochen hast. Wir mussten uns damit begnügen, allein in unserer Ecke über unsere Fehler nachzugrübeln, wir waren enttäuscht, dass wir plötzlich gegen Dich gestellt waren, aber auch bemüht, die von Dir gesetzte Linie nicht zu überschreiten.« Diese Worte schnürten ihr die Brust zusammen, wo sie am empfindsamsten war, und erfüllten ihren Kopf mit Gedanken, die undeutlich und vielgestaltig Besänftigung, Scham und Bedauern ausdrückten.
»All das, um Dir zu sagen, dass wir Dir nicht zu verzeihen brauchen, weil Du keine Schuld trägst. Wenn Du aber das Bedürfnis hast, es zu hören, um Dich besser zu fühlen: Ja, wir verzeihen Dir. Und es ist für uns keineswegs ein Entgegenkommen, sondern eine Freude, Dich wieder an einem Platz zu sehen, den Du in unseren Augen nie verlassen hast.« All diese Windungen waren ganz ihr Vater, wie er, so stellte sie es sich damals vor und tut es noch heute, feierlich an seinem Schreibtisch sitzt, während ihre Mutter hinter ihm am Fenster steht. In dieser Szene sucht ihr Vater nach Sätzen, spricht sie laut aus und schreibt sie nieder, sofern

ihre Mutter nichts einzuwenden hat, was oft der Fall ist. Jeden Buchstaben malt er mit größter Sorgfalt und setzt sogar die Punkte auf das kleine I.

»Wir haben uns Deinen Vorwurf, wir hätten es Dir nicht erklärt, zu Herzen genommen. Dahinter stand unser gewiss anfechtbarer Gedanke, Dich damit nicht zu belasten, bevor Du fest im Leben stehst. Wir hatten Angst, Dir eine unnötig bedrückende Vergangenheit vorzusetzen.« Sie dachte nach, war sich aber nicht sicher, nachvollziehen zu können, wie es unnötig sein sollte, ihr zu erzählen, woher sie kam. »Wir dachten, Du hast schon genug gesehen, da müssen wir es nicht noch mit Details ausschmücken.« Auch bei diesem Satz hielt sie inne. Wie war es möglich, dass sie sich während all ihrer Zeit in Frankreich nicht an die Ereignisse erinnert hatte? Und das obwohl sie damals in einem Alter war, in dem man mitbekommt, was geschieht, auch wenn man es nicht versteht. In Wahrheit hatte sie immer gewusst, was passiert war, aber sie wollte es sich von ihren Eltern erzählen lassen. Dieser Gedanke leuchtete in der Ordnung ihrer Erinnerungen eine Ecke aus, die in Staub und Dunkelheit lag. Verschwommene Bilder formten sich, die immer klarer wurden. Letztendlich hatte sie ihnen vorgeworfen, dass sie ihr nicht erzählt hatten, was geschehen war und was sie schon wusste.

Als Erstes fiel ihr überraschend das Ende der Geschichte vom Erdfrosch und der Schwalbe wieder ein, nach dem sie so intensiv gesucht hatte. Ihr Vater hatte sie ihr erzählt, als sie in dem Flugzeug, das sie nach Frankreich brachte, keinen Schlaf fand. Ausgehend von diesem Bild, war ihr Gedächtnis zu jenem Moment vor ihrer Abreise nach Frankreich zurückgekehrt. Wovon der Rest des Briefes erzählte.

»Nun gut, wir waren damals eng mit Deinen Eltern befreundet, deren Nachbarn wir seit sechs Jahren waren. Wir arbeiteten als Französischlehrer am internationalen Gymnasium. Dein Papa war dort verantwortlich am Empfang und Deine Mama Buchhalterin. Sie haben uns in ihrer Familie aufgenommen, als hätten wir schon immer dazugehört. In dem Jahr, als sich das Drama ereignete, sprachen wir davon, eines Tages mit ihnen hierher zu kommen, um ihnen umgekehrt unser eigenes Zuhause zu zeigen.« Diese Sätze wurden von Erinnerungen begleitet, die so ungestüm heranrauschten wie Wasser, das eine Schleuse füllt.

»Als die Massaker begannen, kamen sie natürlich zu uns, um sich zu verstecken, weil sie dachten, bei Ausländern hätten sie nichts zu befürchten. Eine Zeit lang stimmte das ja auch, aber bald schon ging das Gerücht um, dass wir Barbaren versteckten. Was diese Bezeichnung bedeutet, brauche ich Dir nicht zu erklären. Die Zielscheibe war Dein Vater, denn Deine Mutter hatte sich, wie auf ihrem Personalausweis geschrieben stand, nichts vorzuwerfen, außer vielleicht, seine Ehefrau zu sein.« Sie hielt inne, bevor sie weiterlas, denn sie wusste, was kam. Trotzdem hatte sie das Bedürfnis, es von ihnen aufgeschrieben zu lesen.

»Es fällt mir, denke ich, ebenso schwer zu erzählen, was folgte, wie Dir, es zu lesen. Wir sollten am folgenden Tag mit Deinen Eltern evakuiert werden, als eine Bande wütender und bewaffneter junger Leute gewaltsam bei uns eindrang. Dein Vater, Deine Mutter, Deine große Schwester und Du wart unter einem Bett. Als der Chef der Truppe fragte, ob wir Leute versteckt hielten, hatte ich keine Zeit zu zögern, ob ich die Wahrheit sagen oder lügen sollte, da war Deine Mutter auch schon aus dem Versteck geschlüpft, schwenkte ihren Personalausweis und flehte, dass man ihrem Mann nichts tat. Der Anführer fragte, wie viele unter dem Bett waren, und Deine Mutter behauptete, es wären noch zwei dort: Dein Vater und Deine große Schwester. Sie kamen hervor und ließen Dich dort unten versteckt. Deine Eltern wurden erschossen und Deine Schwester mitgenommen. Um sicherzugehen, dass niemand mehr dort unten war, jagte der Anführer der Bande, statt sich zu bücken, ein paar Kugeln durchs Bett. Ich erspare Dir die Bestrafung, die uns zuteil wurde, verglichen mit allem anderen war sie lächerlich. Als sie gingen, wagten wir nicht, unterm Bett nachzuschauen, wir waren sicher, dass sie Dich getroffen hatten, und hatten Angst, Deine Leiche zu finden. Nach einem langen Schweigen flüsterte Deine kleine Stimme: ›Mama? Papa?‹ Wir konnten es nicht fassen und brachten Dich fort. Von Deinem Versteck aus hattest Du bestimmt alles gesehen.« Das Folgende, das sie wegen des zitternden Blattes und der Tränen, die ihr die Augen verschleiern, nur mit Mühe lesen kann, nennt ihr die Namen ihres Vaters, ihrer Mutter und ihrer Schwester, die Adresse, an der sie wohnten, sowie die Namen einiger ihrer Mörder, die niemand anders waren als Leute aus der Nachbarschaft, manche von ihnen Freunde.

Der Brief endete mit einer Entschuldigung wegen der Brutalität des Berichts. Aber wenn man die Dinge schon aussprach, dann war es besser, alles sofort zu sagen, ohne zu versuchen, irgendetwas auszulassen oder zu beschönigen.

In dem zweiten Umschlag steckte eine Karte, in der mehrere gefaltete 50- und 100-Euro-Scheine lagen. Die Notiz dazu lautete: »Abgesehen von dem, was Dein Vater geschrieben hat, dachte ich, kannst Du das hier gut gebrauchen.

Ich bin von ganzem Herzen bei Dir in Deinem neuen Leben und bei der Verwirklichung Deines Projekts, und ich bedauere, dass ich nicht mehr genügend Kraft habe, um mich daran zu beteiligen. Ich umarme Dich. M.-J.«

ELF

206. Mit der Zeit ist Niko zu der Gewissheit gelangt, eine Art Gefangener der Affen zu sein. Er muss dort, unter ihnen bleiben, auf jeden Fall aber in Sichtweite des Affen, der sein Wächter ist. Er tut nichts anderes, als in der Höhle zu bleiben, der Gruppe auf ihrer Suche nach Nahrung zu folgen und sich ansonsten so unauffällig wie möglich zu verhalten. Sobald er von diesen Regeln abweicht, packt sein Wächter ihn am Hals, als wollte er ihn erwürgen, schüttelt ihn mit einem unbestimmbaren Schrei und durchbohrt ihn mit einem finsteren Blick. Dann wirft er das bewusstlose Skelett zu Boden und bleibt daneben sitzen, um ihn zu boxen, sobald er aufzustehen versucht. Später geht der Beschützeraffe fort, was das Ende der Bestrafung bedeutet; Niko kann aufhören, Staub zu atmen, kann sich setzen oder aufstehen. Auf die geringste Verfehlung folgt die Strafe, brutal, unerbittlich. Zu Beginn erhält Niko eine nach der anderen, mit der Zeit aber hat er gelernt, alles an sich auszuschalten, was ihn dazu verleiten könnte, anderswo zu sein als in der zurückhaltenden Aufmerksamkeit gegenüber allem, was um ihn herum geschieht. Nicht einmal mehr die Albträume und Visionen, die ihn weiterhin überfallen, lassen ihn noch die Kontrolle über sich verlieren. Seine Augen, unsichtbar in ihren tiefen Höhlen, lassen die Bilder,

die ihn früher vernichtet haben, vorüberziehen, ohne irgendeine Gefühlsregung zu verraten. Sein geleerter Bauch reagiert nicht mehr auf die Übelkeit, die ihn in diesen Momenten überkommt. Sein auf ein regloses Gerippe reduzierter Körper scheint allem fremd, was seinen Geist bewegen könnte. Er ist gegen die Erinnerung unempfindlich geworden.

207. Die Erinnerungen an das Blutbad sind so lange in seinem Kopf umgegangen, bis sie sich vermischt haben und nur noch eine einzige Szene bilden. Alle Albträume sind zu einem verschmolzen.

208. In dieser Vision durchsucht er einen papyrusbestandenen Sumpf, in der Hoffnung, einen Überlebenden zu finden und zu töten. Manchmal muss er lange suchen, bevor er einen jungen Mann aufstöbert, der ihm ähnlich sieht und einem blutverschmierten jungen Mädchen etwas vorsingt, das in allem Hyacinthe gleicht und auf den Knien des Jungen liegt. Stets ist es dasselbe Paar, das er überrascht. Er spitzt die Ohren, um dem gemurmelten Lied des jungen Mannes zu lauschen. Er hört:

Wenn das Leben aufhört,
Gehen wir davon,
Manchen fehlen wir,
Gehören nicht mehr dazu.
Andre klopfen Sprüche,
Schmähen die da sterben,
Einer weniger, wird gelacht,
Den sind wir los, der Nächste, bitte!
Allzu lange schon
Sterben sie, nicht wir.

Ist es heut an uns?
Schlafen wir dann wie die andren,
Schlafen endlich und für immer?
Wenn dem so ist, mein Schatz,
Dann schließ die Augen,
Hol tief Luft.
Mach dich bereit zum letzten Atemzug.

Der Junge, der ihm so merkwürdig ähnelt, wirkt nicht traurig, als er diese leisen Worte singt. Er sieht bloß müde aus. Müde, vor dem Tod zu fliehen.

209. Kaum hat er seinen Gesang beendet und sich neben seine schweigend sterbende Freundin legen können, da stürzt sich Niko auf sie und hackt sie in tausend Stücke. Um wieder Atem zu schöpfen, setzt er sich ebenso müde auf eine Böschung. In dem Moment taucht sein Vater auf, eine Lanze in der Hand. Niko erkennt ihn trotz des Schlamms, der ihn bedeckt.

»Das ist lang genug so gegangen«, erklärt ihm sein Vater ruhig und hebt die Lanze. »Heute bist du es, der sterben wird.«

»Nein, Vater, verzeih! Hab Mitleid! Töte mich nicht!«, wimmert Niko jetzt und findet seine Stimme.

»Ach ja, warum soll ich dich nicht töten? Hattest du vielleicht Hemmungen, es zu tun? Ich rede nicht einmal von mir, auf den du eingeschlagen hast wie ein Holzfäller auf einen widerspenstigen Baum. Ich rede von all den anderen bis hin zu den beiden dort, die du kleingehauen hast, dass es die wildesten Tiere mit der Angst bekommen«, entgegnet sein Vater, sichtlich begierig darauf, dem Ganzen ein Ende zu machen.

»Aber es ist nicht meine Schuld, man hat mich dazu gezwungen. Ich hätte niemals die Initiative dazu ergriffen!«, fleht Niko nun.
»Schweig!«, brüllt sein Vater wütend. »Hat jemand dich gezwungen, dieses Paar zu zerhauen, wie du es eben getan hast? Wenn dir so viel daran liegt, beliebt zu sein, warum hast du akzeptiert, Chef der Freiwilligen Tollköpfe zu werden? Warum bleibst du nicht hinten in den Kolonnen und tust nur so als ob, statt die Angriffe anzuführen? Warum kommst du nicht hierher und bleibst den Tag über einfach sitzen? Warum kehrst du nicht ins Dorf zurück, ohne irgendjemanden getötet zu haben, und behauptest, du hättest Dutzende niedergemacht? Wer würde das überprüfen?«
»Ich habe nicht daran gedacht«, stammelt Niko, bevor er sich wieder in den Griff bekommt. »Man beobachtet mich. Ich kann nicht ...«
»Genug geschwatzt!« Niko sieht, wie die Spitze der Lanze ihm zwischen die Augen saust, und statt Blut spritzt Erbrochenes aus seinem Schädel. Er wacht auf.
210. Darauf hat sich letztendlich alles reduziert.
211. Obwohl er aufgewacht ist, verfolgt ihn der Geruch nach Erbrochenem und löst schreckliche Übelkeit aus. Damit es nicht auffällt, hat Niko es sich zur Gewohnheit gemacht, die Augen zu schließen, sich leicht gegen die Höhlenwand zu lehnen und sich verlöschen zu lassen. Manchmal dauert es zu lange, und der Wächteraffe bemerkt seine Abwesenheit. Dann wird Niko von Schlägen geweckt, vom Schütteln und dem Griff um seinen dünnen Hals, den die kräftige Hand des Wächteraffen würgt.
212. Einige seltene Male schafft er es, sein Schicksal in Ruhe zu betrachten. Erst empfindet er unendliche Schuld und

Scham. Dann fragt er sich, was ihn wirklich zur Flucht getrieben hat. Hat er versucht, sich der Gerechtigkeit zu entziehen? Sich zu bestrafen? Gibt es eine Strafe, die seiner Schuld angemessen wäre? Ist der Tod eine Lösung? Und die Isolation? Vollziehen die Affen seine Bestrafung? Haben sie den Auftrag dazu erhalten? Von wem?
213. Er findet es lächerlich, seine Situation, die im Verhältnis zu dem, was er getan hat, so harmlos ist, als Strafe zu betrachten, und er kehrt zum Anfang der Schleife zurück: zu Scham und Schuld.

***

Das Land, die Sprache und die Umgangsformen sind ganz natürlich wieder zu ihr zurückgekommen. Es ist mehr ein Wiederfinden als ein Entdecken. Abgesehen von Kizito, der sie weiterhin beharrlich seine »kleine Französin« nennt, erinnert nichts oder fast nichts sie mehr daran, dass sie einmal von hier weggegangen ist.
Ohne zu staunen, hat sie auf ihrer Reise mit Kizito die Kühe gesehen, die ihr typisches Aussehen den langen Hörnern auf den schmalen Körpern verdanken. Spontan hat sie die unendlichen Abstufungen der Höflichkeit in Sprache und Körperhaltung erlernt. Ohne zu schaudern, hat sie eine Machete in den Händen gehalten, das Werkzeug, das für so vieles verwendet wird: Mit ihr hackt die Köchin das Holz, der Hirte schnitzt die Stöcke zum Viehtreiben, der Sämann nimmt sie als Spaten, und der Metzger haut alles Mögliche mit ihr klein. Sie hat sogar Kinder gesehen, die sie als Lineal benutzten, um geometrische Figuren in ihre Hefte zu zeichnen, und Menschen, die sie als Sitzbank zwischen zwei Stützen legten. Mit der glei-

chen Anstrengung wie alle anderen hat sie es verstanden, die andere Verwendung, die sie haben kann, zu verdrängen.
Sie wollte nicht an den Ort zurückkehren, wo sie dem Tod entronnen war. Sie schob die fehlende Zeit und die Entfernung vor, aber angesichts von Kizitos beharrlichen Versuchen, sie dorthin zu bringen, hatte sie eingestehen müssen, dass sie Angst hatte. Was hätte sie getan, wenn sie bei der Ankunft in jenem Haus, das ihre Erinnerung als strahlendes Bild aufbewahrte, überwucherte Ruinen vorgefunden hätte? Hätte sie das Nichts ertragen, mit dem die Natur ihre Angehörigen und die Spur ihrer Opferung überdeckt hätte? Wie hätte sie reagiert, wenn sie auf dem Hof, wo sie sich erinnert, das Laufen gelernt zu haben, andere lächelnde Kinder, eine glückliche Familie vorgefunden hätte? Hätte sie ohne alles zerreißende Traurigkeit und Auflehnung akzeptiert, dass neue Blumen auf jener Erde wachsen, wo sie das Blut der Ihren hat fließen sehen, durch das sie auf ihrer Flucht gewatet ist? Hätte sie dem Hass und der Verzweiflung, die sie überwältigt hätten, widerstanden? Was hätte sie mit ihnen gemacht? Kizito begriff, dass es besser war, nicht dorthin zurückzukehren, da es auf diese allzu vielen Fragen keine vorhersehbaren Antworten gab. Er hatte Verständnis dafür und sprach nicht mehr davon.
Sie haben auf ihrer Rundreise so viel erlebt, dass sie es kaum glauben kann, wenn sie heute daran zurückdenkt. Wie haben sie das alles geschafft? Sie haben so viele Menschen kennengelernt und dadurch so viele Geschichten gehört, sind auf die Gipfel der Vulkane geklettert, um die Gorillas zu sehen, haben die Insel der Nase besichtigt, die Herstellung von Korbwaren und Tongeschirr erlernt, Ziegen gemolken und vieles mehr.

Von allem, was sie gesehen, getan oder gehört hat, erinnert sie sich vor allem an die Begegnung mit den Gorillas. Kizito, der ihren beiden Führern nicht traute, hatte sich zuletzt doch dazu durchgerungen, sie zu begleiten. Nach zwei Tagen Aufstieg durch den undurchdringlichen Feuchtwald waren sie auf eine Gruppe dieser Großaffen gestoßen, welche sie durch ihre Statur, vor allem aber durch ihre Augen faszinierten. Während sie zu viert ein paar Schritte entfernt von der Gruppe dahockten, war sie davon berührt, dass in ihrem Blick – denn die Augen der Gorillas sind nicht die blicklosen einer Forelle oder einer Kuh – nichts von der Brutalität oder dem Schalk zu sehen war, auf die die Filme sie vorbereitet hatten, und auch nichts von den bodenlosen Fragen, die die Augen eines Menschen widerspiegeln. Sie fragte sich, ob die Gorillas untereinander und gegenüber anderen Affen oder Tieren Verachtung, Groll oder Hass empfinden. Wenn nicht, war es möglich, sie dazu zu treiben? Als sie sah, dass sie von diesen kraftvollen Augen beobachtet wurde, hatte sie an die Möglichkeit gedacht, dass die Gorillas ihre eigenen Kommentare über die Menschen hatten. Auf dem Rückweg stellte sie dem Führer diese Fragen, und er schrieb sie in ein Notizbuch. Er sammle, sagte er ihr, die Fragen, die man ihm nach dem Besuch stellte.
Auf dieser Reise hatte sie obendrein bei Kizitos Mutter die Herstellung von Bananenwein entdeckt und gelernt. Und als sie auf Geheiß ihrer Lehrmeisterin die Lektion in die Praxis umsetzte, war ihr die Idee gekommen, der Mischung Zuckerrohrsaft hinzuzufügen, um ihre Lieblichkeit und ihren Alkoholgehalt zu steigern. Auch hatte sie die Mischung deutlich länger als üblich gefiltert. So erhielt sie einen Likör, an dem alle Geschmack fanden.

Dank dieses Glückstreffers kann sie heute etwas zum Haushalt beisteuern und das Projekt mitfinanzieren. Sie hatte nämlich beschlossen, sich an Markttagen unter die Bananenwein- und Hirsebierverkäufer zu mischen und ihr Getränk anzubieten. Rasch gewann sie einen großen Kundenstamm und konnte eine Verkäuferin einstellen, sodass sie selbst sich ganz auf die Herstellung des Getränkes konzentrieren konnte. Es kam noch besser, denn vor einiger Zeit hatte ihr ein Mann, der sich als Geschäftsführer einer großen Brauerei vorstellte, vorgeschlagen, ihre Erfindung gemeinsam zu vermarkten und das Getränk in größerem Maßstab zu produzieren. Sie hatte ihm nicht sofort geantwortet, sondern amüsierte sich noch lange über die Ironie des Schicksals, das sie zum Handel zurückführte, dessen Techniken sie mit so viel Mühe studiert hatte. Sie fragte sich auch, ob sie sich auf den Verkauf von Alkohol überhaupt einlassen sollte, dessen Exzesse sie immer gehasst hatte. Darauf entgegnete Kizito, der auf all ihre Fragen eine Antwort und für jeden ihrer Zweifel eine Lösung hatte, dass die Menschen in diesem Land sowieso nur im betrunkenen Zustand weiterleben konnten. Die beste Art, ihnen zu helfen, war es daher, ihnen alles zu liefern, was ihnen helfen konnte, sich zu betäuben. Beim Trinken dachten sie nicht an das, was vergessen werden musste, wenn man nicht verrückt werden, sondern das Leben mit den anderen ertragen wollte. Diese Idee beeindruckte sie sehr, aber vorerst wies sie ihn bloß darauf hin, dass er wie ein romantischer französischer Dichter redete, an dessen Namen sie sich nicht erinnerte. Baudelaire vielleicht. Sie zeigte es nie, wenn etwas ihr Gehirn zu stark erregte. Reflexartig zog sie es vor, ihre eigenen Gedanken und die, welche die Außenwelt in ihr hervorrief, für sich zu behalten. Kizito hatte daraufhin die Lippen gespitzt, wie es seiner Meinung nach die Franzosen taten: »Ich bin doch auch ein Romantiker!«

In der Zeit, als sie dem Typen von der Brauerei noch keine Antwort gegeben hatte, träumte sie davon, was sie mit dem Geld alles würde tun können. Kizito verstand nicht, dass sie die Chance nicht ergriff. Wie konnte sie eine so wichtige Person warten lassen? Er versprach ihr, sobald sie das Angebot der Brauerei annahm, werde er sein Taxi verkaufen und ihr helfen oder aber es behalten, je nachdem, was für das Projekt nützlicher war. Er verheimlichte nicht, dass es ihm auch darum ging, in ihrer Nähe zu bleiben, denn er fand manchmal, dass sie ein bisschen zu viel umschwärmt wurde.

Sie wusste, dass sie das Angebot nicht annehmen würde. Es hätte einer normalen Art, das Leben anzupacken, entsprochen, und das konnte sie sich nicht erlauben. Aus der gleichen Überlegung heraus lehnte sie es ab, Kizito zu heiraten, der von Anfang an den Wunsch dazu geäußert hatte. Vielleicht weigerte sie sich deswegen auch seit all den Jahren, seine Eltern zu treffen, und stahl sich immer davon, wenn sie kamen. Etwas anderes kam für sie nicht infrage. Das Einzige, was zu ihr passt, ist unverkennbar das Außenstehen, das Leiden, der Tod. Alles andere hatte sie stets nur ertragen.

Immer seltener denkt sie an den Anderen, erinnert sich aber nicht mehr, wie es mit ihm war. Wenn sie mit einer gewissen Mühe daran zurückdenkt, begreift sie es nicht.

ZWÖLF

214. Niko war auf die vollkommenste Unterwerfung reduziert, dennoch gelang es ihm, einen Teil seiner selbst der Überwachung zu entziehen. In diesem Refugium entfaltete sich alles an ihm außer seinem Körper.

215. Aus der Distanz dieser Parzelle des Widerstandes heraus und vom Dunkel umhüllt, hatte Niko die drei Personen angestarrt, wie sie einer nach dem anderen bis zum Eingang der Höhle gekommen waren, dort die zerfetzte Mumie gesehen und schreiend wieder kehrtgemacht hatten.

216. Als Erster war Uwitonze, sein alt gewordener Schullehrer, gekommen. Sichtlich erschöpft und über seinen Stock gebeugt, hob er erst kurz vor der Höhle den Kopf. Sein Blick begegnete den finsteren Augenhöhlen des Affenleichnams, und er schwenkte seinen Stock, als wollte er damit das Schreckgespenst abwehren. Es war mitten am Tag und, gleichermaßen vor Anstrengung und Angst schwitzend, wich Uwitonze zurück, ohne den schützenden Stock sinken zu lassen, wobei er murmelnd die Bedrohung beschwor. In einiger Distanz kniete er nieder, wahrscheinlich wollte er um Verzeihung bitten, weil er sich dadurch, dass er über die Schwelle des Tores getreten war, beinahe der Blasphemie schuldig gemacht hätte.

217. Von seinem sicheren Versteck aus, wo er niemandem unterworfen war, stellte Niko sich gerne vor, dass auch den alten Mann die Erinnerung eingeholt hatte, da er offenbar

das Bedürfnis verspürte, hier Zuflucht zu finden. Das Gespenst des Affen hatte ihm ins Gedächtnis gerufen, dass jeder, der das Verbot, die Grotte zu betreten, missachtete, jenes Risiko einging, von dem er mindestens einmal hatte reden hören, an dem Tag nämlich, als er ein Mann geworden war. Dort draußen vor der Höhle musste Uwitonze gefürchtet haben, eingesogen zu werden, deswegen war er zurückgewichen.

218. Vor welchen Erinnerungen Uwitonze wohl floh? Vor keinen, nach allem, was Niko hatte sehen und herausfinden können. Geschützt von seinem hohen Alter und der Mäßigung, die man stets an ihm gekannt hatte und die alle, die bei ihm im Unterricht gewesen waren, bezeugen konnten, hatte er sich geweigert, sich an dem Gemetzel zu beteiligen. Am Anfang war er sogar zu denen, die bei der Arbeit waren, gegangen, um sie ins Gebet zu nehmen und sie aufzufordern, doch auf ihren alten Lehrer zu hören und keine Unschuldigen mehr zu massakrieren. Er sah in den Geschehnissen nur eine absurde Tragödie, in die sich seine ehemaligen Schüler gegenseitig stürzten. Als trotz seiner Bemühungen das Töten zur Gewohnheit wurde, hörte er auf, mit seiner Missbilligung hausieren zu gehen, denn er begriff, dass die Ohren inzwischen vom Tod besessen waren und man ihm seine Einmischung nicht mehr verzeihen würde. Da versuchte er, die Menschen nur noch einzeln zur Vernunft zu bringen, aber vergeblich.

219. In der Tat war Uwitonze an dem, was geschah, nicht völlig unbeteiligt. Seine Hand war zu einer von denen geworden, die mehrere Menschen in das bodenlose Loch des Todes gestoßen hatten. Tatsächlich wurde er, da er ständig alle kritisierte, verdächtigt, Leute bei sich zu verstecken.

Eine Bande erhielt den Auftrag nachzusehen. Als Uwitonze sie kommen sah, nahm er den Anführer beiseite, bot ihm Geld, und die Männer gingen wieder. Doch schon bald brodelten die Gerüchte aufs Neue. »Uwitonzes Heim ist ein Barbarennest!«, hieß es. Also kam eine zweite Gruppe zu ihm. Wie beim ersten Mal gelang es Uwitonze mit Geld und dank seines Ansehens, das bei einer Haussuchung nicht unbeschadet geblieben wäre, zu verhindern, dass seine Wohnung durchsucht wurde und die dort versteckten fünfzehn Personen entdeckt wurden. Da er spürte, dass er nicht ewig würde ausweichen können, und da er wusste, was danach passieren würde, bat Uwitonze seine Schützlinge fortzugehen. Ihr Leben und das seine waren bedroht. Er sprach ein langes Gebet mit ihnen, bevor er sie in die Nacht entließ. Seine Frau gab ihnen in einer festen Tüte alles Notwendige, um ein paar Tage zu überleben: Bananen, Wasser, Saft, Brot und Zucker. Am folgenden Tag wurde das Fest, mit dem das Ende der Arbeit begangen wurde, mit besonderer Ausgelassenheit gefeiert. Der Tag hatte mit der Abschlachtung von fünfzehn Barbaren begonnen, und auch die weitere Arbeit hatte sie nicht enttäuscht.
220. Er hatte begriffen. Die von ihm im Stich Gelassenen waren vor Angst zusammengedrängt geblieben und hatten die Anweisung, jeweils für sich allein zu fliehen, nicht befolgen können. Er ging nicht zum Ort des Massakers, aus Angst, durch eine unkontrollierte Reaktion zu verraten, dass er die Opfer kannte. Er blieb zu Hause, wo ihn die Szene ihres Todes heimsuchte. Jene, die sich damit brüsteten, sie hingerichtet zu haben, schilderten das Geschehen in groben Zügen, und Uwitonzes Fantasie vollendete das Bild, das ihn nicht mehr losließ. Er weinte jedes Mal, wenn

er sich die Szene vorstellte, aber er blieb würdig, und seine Tränen rannen nach innen. Dort vermischten sie sich mit dem finsteren Bild zu einem bitteren Saft, der alles zerfraß, was ihn bislang aufrecht gehalten hatte. Er war geschlagen und konnte bald schon nicht mehr ohne seinen Stock stehen. Es war ihm klar, nach seinem Skelett wäre die Reihe an seiner Würde. Er hatte sich hierher zurückgezogen, um seine Niederlage nicht vor aller Augen auszubreiten, weder vor denen, die mitgemacht hatten, noch vor den anderen.

221. Das jedenfalls ist die Erklärung, die Niko sich zu geben beschlossen hat.

222. Was nützt es ihm, sich diese Geschichten ins Gedächtnis zu rufen oder auszudenken?

223. Bei Uwera ist es anders gewesen. Von ihr hat er nur den Schrei gehört. Sie war nicht nah genug herangekommen, als dass er sie in der Öffnung hätte sehen können. Sie lief mit demselben Schrei fort, mit dem man sie mitten auf dem Markt hatte aufspüren können, wo sie jahrelang die angesehenste Bananenweinverkäuferin gewesen war. An ihrem Schrei hatte er sie erkannt.

224. Wie alle anderen wusste auch Niko, was Uwera zugestoßen war. Sie war Witwe gewesen, als das geschah, was es sich nur flüchtig zu erwähnen schickt, danach war sie schwanger. Anschließend hatten alle sich spöttisch gefragt, durch welches Wunder dem Dorf der zweite bekannte Fall einer geistigen Empfängnis zuteil wurde. Manche waren so weit gegangen, sie zu fragen, wodurch sie sich eine solche Gnade verdient hatte. In Wirklichkeit wussten alle, wie sie schwanger geworden war, oder konnten es sich vorstellen.

225. Das winzige Kind, das aus ihrem Bauch kam, schien

zu zögern. Nach einem kurzen Dasein, das im Grunde ein langer Todeskampf war, traf es seine Entscheidung und starb.
226. Die Zurückhaltung, die Uwera stets an den Tag legte, wenn sie nicht gerade im Tumult des Marktes Kunden anlockte, überdauerte das Ereignis nicht. Immer häufiger wurde sie von einem unvorhersehbaren und heftigen Bedürfnis zu schreien, zu rennen und zuzuschlagen übermannt. Wenn dieser Drang nachließ, überkam sie eine solche Müdigkeit, dass sie wie ein Wrack aussah. Wenn sie schließlich wieder zu sich kam, entschuldigte sie sich bei allen, die sie belästigt hatte, wusch sich, machte sich zurecht und wartete auf den nächsten Anfall.
227. Während der ganzen Zeit, als Niko sich bemühte, wieder ein normales Leben zu führen, hielt er sich von der jungen Frau fern. Wenn er sie sah, nahm sein Gehirn jedes Mal die Form eines verängstigten Fragezeichens an. Er war sich nicht sicher, mit dem, was Uwera zugestoßen war, nichts zu tun zu haben, besaß aber nicht die Kraft, ernsthaft darüber nachzudenken. War sie womöglich eine der vielen Gefährtinnen gewesen, die er in der unbeschreiblichen Zeit benutzt hatte?
228. War sie aus eigenem Entschluss hierher gekommen, oder hatte man sie dazu gedrängt, weil man sie loswerden wollte?
229. Kurz nach Uwera kam Shema. In einer Haltung, die ebenso Erschöpfung wie Ehrerbietung oder gar Ehrfurcht bedeuten konnte, kroch er auf allen vieren bis vor den Höhleneingang. Niko sah, wie er vor dem Schreckensbild des Affen niederfiel und es mit Wasser besprengte. Shema wirkte keineswegs überrascht von dieser Entdeckung, die

seine Vorgänger in Panik versetzt hatte. Dieses Mal war es Niko, der es mit der Angst bekam, weil er dachte, der Mann könne hereinkommen und ihn dort finden. Die im selben Dunkel verborgenen Affen hatten wohl die gleiche Befürchtung. Sie stießen Schreie aus, die den Eindringling offenbar vertreiben sollten. Shema begriff und kehrte um.

230. Niko kannte auch Shema, den Erzähler, dessen Geschichten seine Welt ebenso geformt hatten wie die Wirklichkeit. Er verband ihn insbesondere mit einem Märchen um einen Erdfrosch und eine Schwalbe, von denen Ersterer hässlich, dick und fett war, was Shema immer wieder betonte, und Letztere schön, flink und unverschämt. Er erinnerte sich daran, dass die beiden die Wette abschlossen, wer als Erster das Ende der Welt erreichen werde. Sogleich bittet der schlaue Erdfrosch seine Artgenossen, ihm zu helfen, die Wette zu gewinnen, indem sie auf den Ruf der Schwalbe antworten, wenn diese über sie hinwegfliegt. Als das Wettrennen startet, taucht der Erdfrosch lediglich im Wasser unter und kurz darauf wieder auf. Die Schwalbe dagegen schwirrt wie ein Pfeil davon. Jedes Mal, wenn sie über einem Sumpf anlangt, fliegt sie wie verabredet tiefer und zwitschert: »Erdfrosch, bist du da?«, und sie hört es quaken: »Schneller, meine Schöne, ich habe schon auf dich gewartet.« Die Schwalbe saust über Gipfel und Täler, schafft es aber nicht, den Erdfrosch zu überholen, der sie überall, selbst am Rande der Welt erwartet. Schließlich gibt sie zu, die Wette verloren zu haben, und stirbt vor Erschöpfung. Das Märchen schließt mit der Folgerung, dass es für den Erfolg nicht so sehr Kraft, sondern vielmehr Verbündete braucht.

231. Niko hatte sich mit dieser Art, die Tiere in Szene zu

setzen, nicht zufrieden gegeben und neue Versionen erfunden. In einem seiner Entwürfe schummelt auch die Schwalbe und bittet ihre Schwalbenfreundinnen, abwechselnd einzuspringen. Nachdem sie ihren Abflug vorgetäuscht hat, kehrt sie zum Ausgangspunkt zurück, wo sie den Erdfrosch seelenruhig dasitzen sieht. Die beiden Rivalen begreifen, dass ihnen dieselbe Idee gekommen ist, und sie lachen laut los. Die Schwalbe und der Erdfrosch, die sich am Ziel begegnen, verspotten einander jedoch, da sie beide glauben, der andere habe sich täuschen lassen. Zuletzt begreifen sie, dass sie nur die letzten Läufer einer Staffel ohne Sieger sind, und ziehen verdrossen ihres Weges.

232. Niko meinte zu wissen, was Shema dazu getrieben hat, hier Zuflucht zu suchen. In der Tat hatte man Shema nach dem Ende der undenkbaren Ereignisse als Einzigem nicht erlaubt, seine normale Tätigkeit wieder aufzunehmen, er war Geschichtenerzähler. Man wollte seine Erzählungen nicht hören, aus Angst wohl, dass er etwas wachrief, das man besser verschwieg. Um sicherzugehen, dass er gegen dieses Schweigen nicht verstieß, sperrte man ihn in einem Haus abseits des Dorfes ein, wo sein Klagen und Schreien nicht zu hören war. Man brachte ihm das nötige Essen, damit er nicht verhungerte, und ab und zu wechselte jemand sein Stroh. Doch sein Schweigen war nur Schein, denn in ihm lauschte eine ständige Zuhörerschaft seinen alten und besonders seinen neuen Geschichten. In letzteren ging es vor allem um das, was niemand hören wollte.

233. Wie war es Shema gelungen zu fliehen?

234. Das Kommen und Gehen vor der Höhle hat zur Folge gehabt, dass Niko bei den Affen nicht mehr im Mittelpunkt der Aufmerksamkeit steht. Er nutzt dies, um unbe-

merkt bis zum Eingang in eine leicht erhöhte Vertiefung zu kriechen, von wo aus er Uwitonze, Uwera und Shema beobachten kann, seine Gefährten im Geiste oder Geschöpfe seiner Fantasie.

***

Lange bevor die Stiftung sie im Stich ließ, begriff sie, dass ihr Plan, Interviews in den Gefängnissen durchzuführen, eine nicht zu bewältigende Herausforderung war. Selbst die Besuche der Angehörigen waren auf ein paar Minuten pro Woche begrenzt. Ihr Ablauf kam ihr am Anfang wie ein Witz vor. Die Gefangenen kommen am Besuchstag in Gruppen von fünfzig Personen heraus. Man erkennt sie an ihren rosa Anzügen. Sie stellen sich in einer Reihe vor der Mauer auf. Die zum Besuch zugelassenen Personen stehen in circa zwanzig Metern Abstand ebenfalls in einer Reihe ihnen gegenüber. Auf ein Signal hin gehen sie ein paar Schritte vor, um das, was sie den Gefangenen mitgebracht haben, in der Mitte abzulegen. Beim zweiten Signal treten sie zurück, während die Inhaftierten gleichzeitig vorwärtsgehen, um ihr Päckchen zu holen. In diesem Moment gibt es häufig Streit, denn obwohl die abgelegten Päckchen gekennzeichnet sind, landen sie nicht immer in den richtigen Händen. Beim dritten Signal beginnt die erstaunlichste Phase, und die Wörter, die schnell eine unförmige Dissonanz bilden, fliegen zwischen den Reihen hin und her. Neuigkeiten aus der Familie, Ratschläge, juristische Fragen, Beleidigungen und Gelächter eilen vom Lager der Besucher zu dem der Gefangenen und umgekehrt. Der Besuch endet mit dem vierten Pfeifton, der immer zu früh kommt, lange vor den eigentlichen zehn Minuten, so scheint es all denen, die protestieren. Die Gefangenen, die von Anfang an von mehreren am Boden und auf einer Mauer postierten Wärtern ins Visier genommen werden, kehren zurück, und ihre Familien auch. Die Szene wiederholt sich so oft, bis alle Personen, mit denen das Gebäude gefüllt ist, an der Reihe waren, vom Morgen bis zum Abend.

Das erste Mal hat sie diese Besuche zufällig miterlebt. Das war kurz nach ihrer Ankunft, als sie versuchte, den Gefängnisdirektor zu sprechen. Der Besuchstag hatte angefangen, während sie darauf wartete, dass man auf ihre Bitte um ein Gespräch antwortete. Sie kam mehrmals wieder, und da sie keine Antwort erhielt, sah sie dieser Szene zu, deren Absurdität mit der Zeit die Farbe unerträglicher Grausamkeit und Hoffnungslosigkeit annahm. Sie hörte an dem Tag auf, den Besuchen zuzusehen und zu warten, als sie sich entschloss, die Interviews bei Kizito zu machen.

Es ist nicht einfach nachzuvollziehen, welche Wirkung die Interviews, die sie machte, auf sie hatten. Ihre Aufzeichnungen füllen mehrere Kartons, die in einer Ecke des Zimmers stehen.

Am Anfang widmete sie sich ihnen mit der Freude, die man empfindet, wenn ein wichtiges Projekt sich verwirklicht. Sie wollte darin den Neuanfang zu einem besser bewältigten Schicksal sehen, endlich im Einklang mit sich selbst leben und befreit sein von dem, was sie so viele Jahre unglücklich gemacht hatte. Natürlich fing ihr Abenteuer nicht so an, wie sie es erwartet hatte, aber der Rückzieher der Stiftung schien das, worum es ging, nie infrage zu stellen. Sofort, nachdem die Entscheidung gefallen war, begann sie mit ihrer Arbeit auf der Straße. Nach der ersten

Woche legte sie sich auf vier Interviews pro Tag fest. Das klingt wenig, tatsächlich aber benötigte sie den ganzen Tag dafür. Sie brauchte jedes Mal zwei bis drei Stunden, um eine Person zu finden, die gerade Zeit hatte, um ihr die Idee zu erklären, ihr Vertrauen zu gewinnen, ihr zuzuhören, Fragen zu stellen und ihren Bericht aufzuschreiben. Rasch wurde auch klar, dass der Tag nicht ausreichte, um den Text, den sie aus einer Erzählung gewann, in eine endgültige Form zu bringen. Immer häufiger verbrachte Isaro daher ihre Nächte damit, und wenn sie fertig war, las sie, statt zu schlafen, das zuvor Geschriebene noch einmal durch. Zwei oder drei Mal überraschte Kizito sie dabei, und mit seiner nur dem Schein nach lustigen Art verglich er sie mit einem Gespenst.

Wer sie aufmerksam beobachtete, der erkannte, dass dieses Unterfangen sie zugrunde richtete. Die Erinnerungen der anderen, zu deren Hüterin sie wurde, drangen nicht nur in ihre Ohren, um sich in Form von Tinte durch ihren Arm und ihren Stift zu entleeren. Denn ebenso wenig wie Urin das Bananenbier ist, das man ein paar Stunden zuvor getrunken hat, war das, was sie schrieb, nicht das, was sie gesehen und gehört hatte. Die Differenz zwischen beiden blieb in ihr und verwandelte und zerfraß sie immer offensichtlicher.

»Wo ist denn meine kleine Französin geblieben?«, fragte Kizito sie eines Tages leichthin. Aber auch wenn er ihr ein Lächeln schenkte, das ihr zeigen sollte, dass sie wirklich da war, hörte sie doch, was er ihr sagen wollte: Wo war das begeisterte Mädchen, das sie bei ihrer Ankunft gewesen war, und während ihrer herrlichen, gemeinsamen Reise und auch vor Kurzem noch? Warum bürdete sie sich eine Arbeit auf, die sie langsam und sichtbar erstickte? Sah sie, wie sehr er an der unbedeutenden Rolle, auf die sie ihn reduzierte, litt? All die Fragen, die Kizito so diskret in einer einzigen zusammengefasst hatte, hörte sie so deutlich, dass sie es von diesem Tag an nicht mehr wagte, ihm oder irgendjemand anderem die Stirn zu bieten. Sie schloss sich in ihr Zimmer ein.

Zunächst taten Kizito und die anderen, als hielten sie es nur für eine Schmollphase. Vielleicht werden sie anders reagieren, wenn sie im Zimmer etwas fallen hören und auf dieses dumpfe Geräusch eine Stille folgt, die zu lang und zu vollkommen ist, als dass sie sich keine Sorgen machen könnten.

In diesem Augenblick ist sie erschienen, kaum zu erkennen im Dämmerlicht des Zimmers.

DREIZEHN

235. Niko hat festgestellt, dass Uwitonze, Uwera und Shema nur hergekommen sind, um auszuharren, während sie auf das Sterben warten. Nichts von dem, was sie tun, bindet sie an das Leben. Die meiste Zeit liegen sie da und kommen erst in der Abenddämmerung heraus. Das ist alles.
236. Wie auf Verabredung haben die drei ihre Unterschlüpfe nebeneinander gebaut. Es sind horizontal in den Boden eingegrabene Vertiefungen, die gegen den Regen mit Blättern und Steinen bedeckt sind. Von dort, wo Niko sie betrachtet, sehen die drei Erdhügel wie achtlos verschlossene Totenlöcher aus.
237. Sie bleiben den ganzen Tag darin, und erst, wenn die Sonne vollständig hinter dem Horizont verschwunden ist, kommen sie heraus, und jeder setzt sich vor den Eingang seines eigenen Baus, vor sich die Sternbilder des Ostens. So warten sie, schweigend, bis sie vor Müdigkeit oder Überdruss wieder in ihre Löcher kriechen.
238. Niko fühlt sich mit ihnen lebendig. Deshalb betrachtet er die drei Erdhügel als ein Dorf, dessen virtueller Bewohner er ist. Seine Angst vor den Affen und sein geschwächter Zustand erlauben es ihm nicht, sich ihnen tatsächlich anzuschließen und sich, wie er es gerne täte, ein viertes

Schlupfloch neben den drei anderen zu graben. In seinem Geist trägt dieses Dorf einen Namen: Iwacu, das heißt bei uns daheim. Es gefällt ihm zu glauben, dass diese Idee zu ihnen hinübergeflogen ist und dass auch sie mit diesem Wort darüber denken. Das Bild und der Name wären dann das Geheimnis, das sie verbindet.
239. Noch etwas hat er mit ihnen gemein: die Resignation. In der letzten Zeit lässt er sich mit einer gewissen Lust in ihr versinken. Neulich hat er sogar überraschend festgestellt, dass sein Geist, den eine unkontrollierbare Fantasie früher pausenlos erregte, nicht mehr kämpft, sondern wie eine vom Dunkel besiegte Flamme verlöscht. Leere breitet sich in ihm aus. Er lässt den Erinnerungen, die ihn noch vor Kurzem so brutal gepackt hielten, keinen Zugriff mehr.
240. Andauern. Nichts belebt ihn, wenn nicht eine leise Wärme, schwindendes Anzeichen eines vielleicht schon vergangenen Lebens.
241. Bald sieht sein unbeteiligtes Auge, dass nur noch Uwera und Shema am Abend Wache halten und dass sie den Eingang zu Uwitonzes Schlupfloch verschließen. Kurz darauf ist Shema allein und verwendet seine letzten Kräfte darauf, Uweras Bau zuzuschütten. Als die Reihe an Shema ist, bedauert Niko, nicht bis zu seinem Loch gehen zu können, um es zu versiegeln.
242. Sind es ihre Leichen, die er riecht, oder seine eigene?
243. Achten die Affen noch auf ihn? Warum haben sie sich ihm gegenüber so verhalten? Ist es ein Auftrag? Wer hat ihn ihnen gegeben? Er bemerkt jedenfalls, dass in der Affengruppe die Freude wieder Einzug hält. Müssen sie ihren Gefangenen nicht mehr bewachen, weil sie ihre Trauerzeit beendet haben? Weil die drei Störenfriede nicht mehr da

sind? Weil das schöne Wetter sie so froh stimmt, das in der Natur die Farben aus den Verstecken und die Tiere aus ihrem Schweigen treibt?

244. Unempfindlich gegen das Lärmen der Affen ist Niko einem Angriff ausgesetzt, dem er nicht standhält. In seinem Körper weicht das Leben unter dem Ansturm der Insekten allmählich zurück. Zuerst verlässt es die Hände und Füße, aber rasch muss es sich ganz aus den Gliedmaßen zurückziehen. Vielleicht denkt es, die Insekten würden sich mit ihnen so lange begnügen, bis es selbst wieder zu Kräften gekommen ist und zurückschlägt. Doch das heißt, den Appetit der Tierchen außer Betracht zu lassen, denn der treibt sie dazu, die gesamte Körperoberfläche zu bedecken und Nikos Leben dadurch zum Rückzug ins Innere zu zwingen. Dort überlässt es den Bauch bald schon den schlechten Gerüchen und bezieht seine letzten Bastionen in der Brust, dann im Kopf. Ein Herz. Ein Kopf. Niko wird von einem alles erstickenden Schmerz überflutet.

245. Ist das er, der sich da in der Luft als unerträglicher Geruch ausbreitet und am Boden als klebrig schwärzlicher Schleim, den die Insekten angewidert den Würmern überlassen?

246. Mit leichten, kaum wahrnehmbaren Bewegungen hält das Herz an seiner Routine fest. Genauso langsam lässt sein vom Schmerz überwältigtes Gehirn eine einzige Frage reifen: Was kommt danach?

247. Niko fühlt sich nicht berechtigt, ans Paradies zu denken, das jenen Menschen vorbehalten ist, zu denen er, wie er zugibt, das Gegenbild ist, zu ihnen und zu den Ziegen. Einen Moment lang sieht er den Tod als das brutale Ende, nach dem er nichts mehr sein wird. Aber die Vorstellung,

ganz und gar auf eine so radikale Negation reduziert zu werden, erschreckt ihn. Darüber gelangt er zu dem Schluss, dass die Hölle der Vögel, die er im Traum besucht hat, kein schlechter Kompromiss wäre. Aber auf ewig dafür bestraft zu werden, dass er ein ungewolltes Leben nicht zu nutzen wusste, scheint ihm genauso unerträglich.

248. Endstation und Schmerz. Glücklicherweise stirbt er.

249. Begleitet etwa das Lachen der Affen seinen letzten Atemzug? Oder heißen ihn die Dämonen willkommen, denen sich anzuschließen er beschlossen hat?

250. Nikos Leben gibt seine letzten Festungen auf. Es überlässt ihn dem, wovor er sich gefürchtet hat und was Insekten, Würmer und Feuchtigkeit sich zu verwirklichen bemühen, indem sie sein Fleisch, seine Organe und seine Knochen knabbern, auflösen und verdunsten lassen.

251. Nichts.

***

Auf ihrem Schreibtisch hat sie zusammen mit der Post, die sie erhalten hat, die Entwürfe all ihrer Briefe zurückgelassen. Der hier ist unleserlich, voller Streichungen. Man hat das Gefühl, dass sie darin etwas zu sagen versucht, das nicht kommt, und dass all ihre Worte letztendlich das Wesentliche, unaussprechlich, nicht treffen. Dies wird im Entwurf vielleicht deutlicher als in dieser Abschrift:

»Liebe Eltern,

ich bin außerstande, Euch zu sagen, was ich wirklich empfunden habe, als ich Euren Brief las. Ich glaube, es war eine Mischung aus Erleichterung und Bedauern. Ich war erleichtert, es endlich zu wissen, und bedrückt, als mir noch

einmal bewusst wurde, wie ungerecht ich Euch gegenüber gewesen bin, als ich Euch dort unlautere Absichten unterstellte, wo doch nur Liebe war.
Merkwürdigerweise war ich von dem, was Ihr mir über das Schicksal meiner Eltern gesagt habt, nicht schockiert. Es war irgendwo in mir begraben, und auf gewisse Weise wusste ich es schon. Ich habe Euren Brief als die Bestätigung gelesen, die es mir erlaubt, es zu akzeptieren und zu etwas anderem überzugehen.
Wenn ich davon spreche, das Ereignis zu akzeptieren, dann ist das, glaube ich, übertrieben. Sagen wir, ich versuche, damit zu leben, statt dagegen. Ein Anzeichen dafür, dass ich es nicht loswerde: Manchmal, wenn ich auf der Straße einem Mann begegne, frage ich mich aus irgendeinem Grund, ob nicht er sie getötet hat. ›Und wenn er es war?‹ Diese Frage baut sich immer häufiger vor mir auf wie das Symbol einer nicht einzuholenden Vergangenheit. Auch erinnern mich manche junge Mädchen an meine Schwester, die vielleicht überlebt hat. Ein Gang, eine Geste, ein Ausdruck, so flüchtig sie auch seien, genügen, um mich in diese Ungewissheit zu stürzen. In diesen Momenten ist mir, als wäre ich in die Falle getappt und würde daran gehindert, vorwärts zu gehen oder zurück. Aber das sind nur Randnotizen in meinem ansonsten glücklichen Leben.
Als ich davon sprach, zu etwas anderem überzugehen, meinte ich, dass ich in ganz anderer Stimmung bin als noch vor einiger Zeit. Ich habe Lust, Euch zu sehen! Und dieser Wunsch ist dringlich, als würde er getrieben von all der Zeit, die ich mich verirrt habe. Ich würde Euch gern sehen. Was würdet Ihr sagen, wenn ich Euch einlade, das nächste Flugzeug zu nehmen und zu mir zu kommen? Wenn Ihr es

nicht könnt, werde ich mich auf den Weg machen. Und ich komme nicht alleine. Es ist seltsam, ich habe wirklich den Eindruck, dass es dringend ist, obwohl man doch nach so vielen Jahren meinen könnte, dass es bei uns auf ein paar Tage oder Wochen nicht ankommt.
Nein, Ihr träumt nicht, das eben war tatsächlich ein Augenzwinkern. Mehr verrate ich nicht, damit Ihr nicht auf falsche Gedanken kommt, statt Euch selbst ein Bild zu machen.
Eine weitere Neuigkeit ist ein kleiner Text, den ich angefangen habe zu schreiben. Ich werde ihn Euch lesen lassen, sobald ich alle Zettel zu einem lesbaren Ganzen zusammengefügt habe. Noch liegen sie verstreut bei mir daheim. Ihr sollt jetzt schon wissen, dass die Geschichte von Niko (das ist der Name der Figur) alles andere als einfach und erholsam ist. In diesen Worten habe ich, als ich anfing, nicht darüber nachgedacht, aber mir wird klar, dass ich versucht habe, in seiner Gestalt dem, der das hat tun können, ein wenig näher zu kommen, ihn zu verstehen, ihn zu töten und ihm zu vergeben.
Ansonsten scheint mein Projekt, das nach der Absage der Stiftung beinahe gescheitert wäre, neuen Schwung zu bekommen. Unverhoffte Perspektiven eröffnen sich, während ich gleichzeitig neue Talente an mir entdecke: Ihr werdet Euch daran gewöhnen müssen, dass Eure Tochter nicht nur eine sattelfeste Abenteurerin und hartgesottene Meinungsforscherin, sondern auch eine große Geschäftsfrau ist! Mehr dazu bald mündlich, hoffe ich.
Zärtlich
Eure Isaro«

Im PS fügte sie hinzu, sie sei zu ungeduldig, um diesen Brief dem Schneckentempo der Post anzuvertrauen, und verschicke ihn jetzt doch als Fax. Sie nannte eine Nummer, die des Hotels, an die sie ihr eine Antwort schicken konnten.

All diese Worte werden Dutzende Male neu geschrieben. Schreibt sie sie neu, um die Wahrheit über ihre momentanen Gefühle zu verbergen oder um sie klarer zu machen? Ist es möglich, dass sie eben noch glücklich war und kurz darauf zusammenbricht?

Als sie vom Faxen zurückkam, traf sie Kizito, der eben von der Arbeit heimkehrte. Sie folgte seinem Vorschlag und beschloss zuletzt, ihre Eltern anzurufen. Weiter Zeit zu verlieren, obwohl sie bereit war, wieder eine normale Beziehung zu ihnen zu haben, war seiner Meinung nach idiotisch. Warum nicht anrufen, mit ihnen sprechen und sie hören? Vielleicht ... Sie ging darauf ein und folgte ohne Überzeugung seinem Ratschlag. Er konnte das nicht verstehen.

Auf der Suche nach einer Telefonzelle hatte sie ihn angesehen und ihm sagen wollen, dass sie ihn liebte. Stattdessen war eine unglaubliche Frage in ihrem Kopf explodiert: »Und wenn er es war?«

Am selben Abend, bei der Rückkehr von diesem Anruf, der ihr nicht so gut getan hatte, wie sie es gehofft hatte, fragte Kizito sie, wo sie war.

252. »Lieber Freund, diese Erzählung gehört jetzt dir. Wenn sie dich aus der Ruhe gebracht hat, lies sie irgendwann noch einmal, aber gib Acht, dich von ihrem narrativen Spiel nicht zu sehr gefangen nehmen zu lassen, denn das Wesentliche liegt anderswo. Wenn sie dir ungeschickt geschrieben vorkommt, erzähl sie anderen weiter und ge-

niere dich nicht, das, was ich schlecht dargestellt haben mag, besser zu formulieren. Und sollte diese Geschichte dich tatsächlich berührt haben, dann versuche, sie für nichts anderes zu halten als eine Lüge ohne Absicht, ein wirkungsloses Medikament.
Isaro Gervais,
An einem Regentag«

***

Sie sitzt reglos in derselben Haltung da und hält in ihren Händen jenes unmöglich zu erkennende Ding. Sie bewegt sich, und ein Schimmern zwischen ihren Beinen lässt vermuten, dass es ein Messer ist. Sie steht auf. Geht zu ihrem Schreibtisch und liest noch einmal die letzten Worte der Erzählung, an die sie sich die letzten Tage geklammert hat wie an einen Rettungsring. Der Name Niko, auf den ihr Blick hier und dort fällt, sagt ihr kaum noch etwas. Dabei ist er die Frucht ihrer eigenen Fantasie, und sie hat sich unendliche Mühe gegeben, ihn zum Leben zu erwecken.
Sie blättert in den Seiten, ohne ihnen wirkliche Aufmerksamkeit zu schenken. Sie kommen ihr fremd vor. Sie ist sicher, dass sie sie nie wieder lesen wird. Sie ist schon nicht mehr da.
Hat sie diese Seiten nur mit dem beschrieben, was sie hinter sich ablegen wollte, um es nicht mehr zu sehen? Hat sie darauf zurückgelassen, was sie nicht mehr ist, und jene angekündigt, die sie gerne wäre? Oder hat sie diese Mühe nur auf sich genommen, um sich wenigstens einen Fremden zum Freund zu machen und sie ihm zum Gedenken an sich zu schenken?

Wir wissen, was sie tun wird, aber wir bleiben im Schatten, von wo aus wir sie von Anfang an beobachtet haben.
Bevor sie die Augen schließt, überprüft sie, dass vor ihr nichts ihren Sturz verhindern wird. Während sich die Lider vor ihre Augen senken, entfaltet sich ihr Lächeln kalt und schweigend.
Denkt sie an die Kopfsprünge, die sie als kleines Mädchen im städtischen Schwimmbad so gerne machte, als sie sich in diesem Augenblick nach vorne kippen lässt, während sie den dicken Holzgriff fest umklammert? Was sagt sie sich während der endlosen Sekunde, in der sie im Fallen gegen ihre Reflexe kämpfen muss? Aufrecht bleiben und den auf ihr Herz gerichteten Dolch nicht loslassen?

Ende

Danksagungen

Die Entstehung dieser Seiten hat jener Person viel zu verdanken, die es verstanden hat, ihre Bedeutung zu erkennen, bevor ich selbst davon überzeugt war. Ebenfalls nennen möchte ich Pierre Catteau, Émilie Wolff, Mathilde Legrand, Chloé Mingant, Nathalie Boutruche und Vincent Jaury. Mögen diese Zeilen meine unermessliche Dankbarkeit für ihre Unterstützung widerspiegeln.

Nachwort des Herausgebers

Ruanda, das Land der tausend Hügel, wie es genannt wird, Partnerland des deutschen Bundeslandes Rheinland-Pfalz, steht in der Wahrnehmung der Weltöffentlichkeit auch für ein Massaker ungeahnten Ausmaßes, das Zentralafrika erschütterte, die internationale Staatengemeinschaft zum Eingreifen nötigte und die politische Landschaft im Zentrum Afrikas nachhaltig veränderte. Am 6. April 1994 begann das Militär Ruandas den Völkermord an der vermeintlich oppositionellen Zivilbevölkerung, nachdem ein seit 1990 andauernder Bürgerkrieg zwischen Regierungstruppen und einer vom Nachbarstaat Uganda aus agierenden Rebellenarmee keine Entscheidung gebracht hatte. Ruandas Regierung in der Hauptstadt Kigali zog in dieser Situation – wie es afrikanische Machthaber in vergleichbarer Lage noch immer tun – die ethnische Karte und erklärte den Kampf um die Macht in Kigali rigide vereinfachend zum Krieg zwischen den Volksgruppen der regierenden Hutu und der rebellierenden Tutsi.

Gemeinden und Behörden, der staatliche Sender Radio Ruanda sowie der Propaganda-Sender Radio-Télévision Libre des Mille Collines (RTLM) riefen die regierungstreue Bevölkerung zum Massenmord an den Tutsi auf. Soldaten jagten mit militärischer Ausrüstung, Zivilisten mit Keulen

und Macheten alles und jeden, der dem Stereotyp eines Tutsi entsprach: großgewachsen, schlank, gerade Nase. Ehemänner töteten ihre Frauen, Ehefrauen verrieten ihre Männer, Onkel mordeten ihre Nichten und Neffen, Nachbarn ihre Freunde. Als die dann doch siegreichen Tutsi-Rebellen die Hutu-Armee und die mit ihnen fliehende Hutu-Bevölkerung über die Grenze nach Kongo-Kinshasa gejagt hatten, setzten sie ihnen bis in die Flüchtlingslager nach und massakrierten ihrerseits, was dem Klischee eines Hutu entsprach: klein, gedrungen, flache Nase. Mindestens 800.000 Menschen kamen derart ums Leben.
Heute erinnern in Ruanda mehrere Gedenkstätten an diesen gewissermaßen doppelten Genozid, wohingegen in der Demokratischen Republik Kongo, deren früherer Herrscher Mobutu Sese Seko seine Macht zunächst an den kongolesischen Rebellen Laurent-Désiré Kabila und dann an dessen Sohn Joseph Kabila verlor, noch immer ein politisches Vakuum herrscht, das auch seit dem Ende des sogenannten Afrikanischen Weltkriegs 2002 – und ungeachtet der Wahlen 2006 und 2012 – insbesondere im Osten Kongos, an der Grenze zu Ruanda, unverändert wirksam ist. Die unentschiedene Haltung der Vereinten Nationen im Ruanda-Konflikt 1994 und das damalige Festhalten Frankreichs am Bündnispartner der Hutu-Regierung führten dazu, dass sich Ruanda unter seiner neuen politischen Führung von Paris abwendete und 2008 Englisch statt Französisch zur Amtssprache erklärte. Offiziell sind inzwischen auch die Termini Hutu und Tutsi als politisch inkorrekt diffamiert, denn schließlich sind alle Menschen dort Ruander.
Viele Historiker haben über diesen Völkermord in Ruanda und seine weltpolitischen Konsequenzen geschrieben, und

bereits 1998 gab es dazu ein besonderes literarisches Projekt. Der aus Tschad stammende Journalist Nocky Djedanoum, zugleich künstlerischer Direktor des in Lille, Frankreich, basierten Festivals Fest'Africa, initiierte seinerzeit eine Schriftstellerreise nach Ruanda zu den Stätten des Grauens. Zehn überwiegend französischsprachige afrikanische Autorinnen und Autoren nahmen an diesem Projekt »Rwanda: écrire par devoir de mémoire« (Ruanda: schreiben als Pflicht zu erinnern) teil und publizierten in den beiden Folgejahren ihre daraus entstandenen Erzählungen, Romane, Gedichte und Essays. Nur der kenianische und einzige englischsprachige Projektteilnehmer Meja Mwangi brauchte bis 2007, seinen unter dem Titel »Great Sadness« (Große Trauer) angekündigten Roman fertigzustellen; als dieser dann als »The Big Chiefs« in den USA herauskam und zwei Jahre später als »Big Chiefs« auch auf Deutsch erschien, entpuppte sich Mwangis Buch als Parabel über die Strukturen von Machtmissbrauch – Ruanda als Anlass des Schreibens war nur indirekt noch erkennbar.

»Angesichts von etwa einer Million Toter fragt man sich, wie man das in Worte fassen kann«, schilderte der aus Dschibuti stammende, in Frankreich lebende und in den USA lehrende Autor Abdourahman A. Waberi damals seine eigene anfängliche Unfähigkeit, eine Sprache für die Darstellung des Schreckens zu finden. Im Jahr 2000 lag dann doch seine Textcollage »Moisson de crânes« vor, die 2008 unter dem Titel »Schädelernte« auch auf Deutsch erschien. Jedoch war es Waberi nicht gelungen, einen zusammenhängenden Text zu verfassen – ähnlich den Autoren einst unmittelbar nach Auschwitz, als Worte das Grauen nur zu verharmlosen drohten. »Was man zurzeit dazu schreiben

kann, kann höchstens eine erste Annäherung sein, unvollkommen, nicht ausreichend«, erläuterte Waberi 1998.
Der Organisator der Reise, Djedanoum, verfasste selbst das dünne Bändchen »Nyamirambo!« mit Poesie, der aus Ruanda geflohene Soziologe Jean-Marie Rurangwa schrieb den aufklärenden Essay »Le génocide des Tutsi expliqué à un étranger«, der ruandische Dramatiker Koulsky Lamko verfasste mit »La phalène des collines« (Der Nachtfalter aus den Hügeln) seinen ersten Roman, in dem er sich der Realität nur in Form einer traumhaften Allegorie zu nähern vermochte.
Auch die in der Elfenbeinküste geborene und heute in Südafrika lehrende Poetin und Malerin Véronique Tadjo wählte für ihr Buch »L'Ombre d'Imana. Voyage just au bout de Rwanda« – dessen Untertitel an Louis-Ferdinand Célines berühmten Kriegselend-Roman »Reise ans Ende der Nacht« (1932) anspielt und das 2001 auf Deutsch unter dem Titel »Der Schatten Gottes« erschien –, eine gebrochene Textform aus Novelle und Chronik, ein subjektives Reisetagebuch.
Als im Jahr 2000 in Kigali die bis dahin erschienenen Bücher der Reiseteilnehmer vorgestellt wurden, waren auch der Senegalese Boubacar Boris Diop mit seinem Roman »Murambi – le livre des ossements« (Murambi – das Buch der Gebeine) mit dabei, der Guineer Tierno Monenembo mit dem Roman »L'Ainé des orphélins« (Der Älteste unter den Waisen), die Soziologin und Autorin Monique Ilboudo aus Burkina Faso mit ihrem Roman »Murekatete« und der Ruander Vénuste Kayimahe, dessen Zeitzeugenbericht »France-Rwanda: les coulisses du génocide« (Frankreich-Ruanda, hinter den Kulissen des Völkermords) dann aber erst 2001 herauskam. Zusammen mit seinem langjährigen

Freund Robert Genoud hatte Kayimahe überdies den Dokumentarfilm »Rwanda, récit d'un survivant« (Ruanda, Bericht eines Überlebenden) gedreht; Bilder davon sind in seinem Buch enthalten, die ihn auch in München zeigen, wo damals sein an Leukämie erkrankter Sohn ins Krankenhaus kam.

Aber auch unabhängig von dem Projekt »Rwanda: écrire par devoir de mémoire« erschienen weitere literarische Werke, die zunächst überwiegend im Persönlichen verharrten: Eugénie Musayidire veröffentlichte 1999 die Gedichtesammlung »Mein Stein spricht«, Esther Mujawayo die Autobiografien »SurVivantes. Rwanda, dix ans après le génocide« (»Ein Leben mehr«) und »La fleur de Stéphanie« (»Auf der Suche nach Stéphanie«).

Die berühmt gewordenen Bücher des madegassischen Journalisten Jean Hatzfeld, »Dans le nu de la vie. Récits des marais rwandais« (»Nur das nackte Leben. Berichte aus den Sümpfen Ruandas«, deutsch 2004), »Une saison des machettes« (»Zeit der Macheten«, deutsch 2004) sowie das noch nicht ins Deutsche übersetzte »La Stratégie des Antilopes« von 2007, dokumentieren Schicksale der Opfer wie der Täter. Die französische Literaturwissenschaftlerin Catherine Coquio geht in ihrem Essay »Poétiser l'enfant tueur. Questions sur Le passé devant soi« von 2010 davon aus, Hatzfelds Dokumentationen hätten den hier vorliegenden Roman »Das lärmende Schweigen« von Gilbert Gatore beeinflusst.

Wie der französische Historiker Gérard Prunier (»The Rwanda Crisis. History of a Genocide«, 1995) legten auch der US-Menschenrechtler Alison Des Forges (»Kein Zeuge darf überleben. Der Genozid in Ruanda«, deutsch 2002), der US-Autor Philip Gourevitch (»Wir möchten Ihnen mitteilen, dass wir morgen mit unseren Familien umgebracht werden. Berichte aus Ruanda«, deutsch 1999) und der US-Romanist Alexandre Dauge-Roth (»Writing and Filming the Genocide of the Tutsi in Rwanda: Dismembering and Remembering Traumatic History«, 2010) Sachbücher vor. Als weiterer Beitrag eines Nicht-Ruanders über den Genozid sei der zweifach verfilmte Bericht »Shake Hands with the Devil: The Failure Of Humanity In Rwanda« (2003; deutsch unter dem Titel »Handschlag mit dem Teufel: Die Mitschuld der Weltgemeinschaft am Völkermord in Ruanda, 2005) von Romeo Dallaire erwähnt, in dem der damalige UN-General über seinen traumatisierenden Einsatz als Kommandeur der kanadischen Blauhelmtruppe in Ruanda von Oktober 1993 bis August 1994 schreibt.

Die ugandische Autorin Goretti Kyomuhendo widmete sich 1999 in ihrem Roman »Secrets no More« außerdem dem Schicksal der Flüchtlinge, die aus Ruanda in ihr Land strömten. Warum sie nicht über den Genozid direkt schrieb? »Es ist schwierig, darüber zu schreiben. Es ist eine Tragödie, wie ich sie noch nicht erlebt habe. Während des Holocaust war ich noch nicht geboren, und der Völkermord in Ruanda war die erste menschliche Tragödie dieses Ausmaßes, die ich erlebte. Die Art, wie Menschen getötet wurden – durch ihre Verwandten, durch ihre Kinder oder ihre Eheleute, und das alles geplant, ohne dass jemand half oder eingriff, um die Opfer zu schützen –, es ist schwierig, das zu verstehen. Es war auch deshalb schwierig für mich, darüber zu schreiben, weil ich mir selbst sagen musste, dass mir niemand – wenn ich die Fakten beschriebe – glauben würde. Ich selbst fand das, was ich in Ruanda sah, als ich dort war,

unglaublich, unfassbar. Also hätte ich etwas Fiktion beimischen müssen, aber dabei hätte ich mich schuldig gefühlt. Ich sagte mir, dass es nicht richtig ist, diese Tragödie zu fiktionalisieren. Damit war mein Plan vom Tisch, darüber zu schreiben«, erläuterte Kyomuhendo. Bemerkenswerterweise bezog Diop für seinen Roman »Murambi – le livre des ossements« eine gegenteilige Position: »Ich bezeichne ›Murambi‹ als ›roman vérité‹, weil all das, worüber er berichtet, wahr ist. Aber es war mir wichtig, dass das Buch als Roman gelesen würde. Der Genozid ist das eine: Man tötet die Leute, sie haben keine Namen, kein Gesicht, keine Vergangenheit. Aber im Roman gibt man diesen Leuten ein bisschen Leben. Man gibt jeder Figur einen Namen, eine Identität, und die Personen werden zu realen Lebewesen. Ich glaube, es gibt nichts dergleichen wie einen Roman, um ein Porträt des Genozids liefern zu können. Ein Genozid ist der Versuch, etwas verschwinden zu lassen, während ein Roman der Versuch ist, etwas zu erschaffen.«
Auch ein deutscher Schriftsteller, Hans Christoph Buch, lieferte mit »Kain und Abel in Afrika« weniger einen Roman als eine dokumentarische Reportage – fiktionales Schreiben über den Genozid in Ruanda blieb lange schwierig. Der Münchner Literaturwissenschaftler Robert Stockhammer widmete diesen Versuchen, Worte für Unsagbares zu finden, eine Studie und analysierte in »Ruanda. Über einen anderen Genozid schreiben« (2005) das Unvermögen der Sprache. Der in Montréal lehrende ruandische Literaturwissenschaftler Josias Semujanga wiederum analysierte in »Le génocide, sujet de fiction? Analyse des récits du massacres des Tutsi dans la littérature africaine« (2008) die Berichte von Massakern an Tutsi, wie sie sich in der Literatur

widerspiegeln. 2009 konzentrierte sich die britische Wissenschaftlerin Nicki Hitchcott in ihrem Essay »A Global African Commemoration – Rwanda: Écrire par devoir de mémoire« auf den Erinnerungsaspekt des Schriftstellerprojekts von 1998, und im selben Jahr nahm auch die kanadische Literaturwissenschaftlerin Madelaine Hron das Schriftstellerprojekt zum Anlass ihres Aufsatzes »*Itsembabwoko* à la française – Rwanda, Fiction, and the Franco-African Imaginary« – das Kinyaruanda-Wort Itsembabwoko im Titel ihres Essays steht für »Auslöschung eines Volkes« und bezeichnet, was Historiker auch den Afrikanischen Holocaust nennen. 2011 schließlich widmete die US-Romanistin Elizabeth Applegate ihre Dissertation gleichermaßen dem literaturwissenschaftlichen Thema »Witnessing the Tutsi genocide: Questions of Testimony in African Literature«. Immer lautete die Frage: Wie über das Unbeschreibliche sprechen? Damit strahlte und strahlt die – auch literarische – Aufarbeitung des Völkermords in Ruanda weltweit aus. Hatte man in Kigali 1994 nach dem Ende des Genozids in der Frage der gerichtlichen Klärung der Kriegsverbrechen als Vorbild auf Deutschland und die Nürnberger Prozesse geblickt, so schaute nach 1994 die Republik Südafrika auf Ruanda. Wie mit Völkermord juristisch umgehen, fragte man sich nicht nur in Kigali, sondern anlässlich der südafrikanischen Wahrheits- und Versöhnungskommission auch in Pretoria. Die südafrikanische Journalistin und Poetin Antjie Krog reiste 2000 zur Vorstellung der »Rwanda: écrire par devoir de mémoire«-Literatur nach Kigali und resümierte erschrocken und beispielhaft für Südafrika: »Erst als ich dort ankam, realisierte ich das wahre Ausmaß des Schreckens. Wirkliche Gerechtigkeit, so wie sich die

Leute das wünschen – nun, sie werden alle miteinander leben müssen.« Und Krog erfuhr, was ihr später als Berichterstatterin von den Sitzungen der südafrikanischen Wahrheits- und Versöhnungskommission selber widerfuhr: Wer über Verbrechen dieses Ausmaßes schreibt, unterliegt noch selbst der Gefahr von Traumatisierung.

Erst als der nigerianische Priester und Schriftsteller Uwem Akpan 2006 seine 20-seitige Erzählung »Das Schlafzimmer meiner Eltern« veröffentlichte, konnten Leser ahnen, wie erschütternd ein umfassender Roman zu diesem grauenvollen Geschehen sein würde. Und man sah sich daran erinnert, was »Schädelernte«-Autor Waberi 1998 über sein Schreiben und das Projekt »Rwanda: écrire par devoir de mémoire« gesagt hatte: »Vielleicht nimmt sich dadurch morgen oder übermorgen oder in zehn Jahren ein Ruander dessen an! Die Literatur gleicht den Flüssen, die sich ineinander ergießen, bis ein Ruander wirklich ›das Werk‹ über den Völkermord schreiben kann.«

Mittlerweile scheint es in der Tat soweit zu sein, dass ruandische Autoren eine kohärente fiktionale Herangehensweise zur literarischen Darstellung des Völkermords in Ruanda gefunden haben. Zum einen ist da der ruandische, in Paris lebende Essayist Benjamin Sehene, der seinen Aufsätzen »Le Piège Ethnique« (»Die ethnische Falle«) und »Rwanda, l'amnésie d'un peuple« (Ruanda, der Gedächtnisverlust eines Volks) von 1999 den Roman »Le feu sous la soutane« (Das Feuer unter der Soutane) von 2005 folgen ließ.

Besonders bemerkenswert sind darüber hinaus zwei Romane, die jüngst erschienen: Die Ruanderin Scholastique Mukasonga veröffentlichte 2012 »Notre-Dame du Nil« (»Notre-Dame vom Nil«, deutsch 2014) und erhielt dafür im selben Jahr den renommierten Prix Renaudot. In ihrem Roman schildert sie, wie Schülerinnen des Mädchengymnasiums Notre-Dame du Nil auf einem der vielen Berghügel Ruandas in den 1970er Jahren Entwicklungen erleben, die in den Beginn des Völkermords münden. Die Erzählsituation des beobachtenden Blicks erinnert an Paul Rusesabaginas Biografie, in der der einstige Direktor des »Hôtel des Mille Collines« beschreibt, wie es ihm gelang, zu Beginn des Völkermords im Frühjahr 1994 rund 1000 Menschen zu retten, die sich in sein Hotel geflüchtet hatten. Regisseur Terry George hat diese Geschichte für seinen Film »Hotel Ruanda« von 2004 aufgegriffen.

Ist Mukasongas Roman erzählerisch als Fresko gehalten, stellt sich »Le Passé devant soi« (»Das lärmende Schweigen«), der Roman des Ruanders Gilbert Gatore von 2008, als literarisch-formal bisher wohl ambitioniertestes Buch über den Genozid dar. Obwohl der 1981 in Ruanda geborene Gatore – im Gegensatz zu allen Autoren etwa des »Rwanda: écrire par devoir de mémoire«-Projekts – ein unmittelbarer Augenzeuge des Völkermords von 1994 ist, steht nicht das grauenhafte Geschehen selbst im Vordergrund seines Romans. Genau diese literarisch-fiktionale und nicht vordergründig betroffen-dokumentierende Herangehensweise Gatores macht seinen Roman »Das lärmende Schweigen« zu einem Unikat – und löste teilweise Entsetzen unter journalistischen wie wissenschaftlichen Rezensenten aus.

Wenn sein Roman schon nicht dokumentarisch sei, müsse er zumindest autobiografische Züge enthalten, denn sonst könne man nicht so über Völkermord schreiben, schlussfolgerte zum Erscheinen des Buchs 2008 ein Kommentator auf der Internetseite Télérama und spekulierte, Gatore sei der Sohn des seit 2007 per Interpol gesuchten und in Frankreich identifizierten Pierre Tegera. Entsprechend kritisierte die französische Literaturwissenschaftlerin Charlotte Lacoste 2008 in ihrer Replik »L'ère du bourreau« (Die Ära des Henkers), dass der Erzähler des Romans »Das lärmende Schweigen« einem Mörder, der männlichen Hauptfigur Niko, Empathie entgegenbringe. Sie hielt Gatore, der diese doppelgesichtige Sympathie in seinem Roman durchaus thematisiert, vor, er würde aus Tätern Opfer machen.

Ob nun die auf jener Webseite 2008 geäußerten Gerüchte auf der Wahrheit beruhen oder nicht – sie prägten, wenngleich sie bis heute nicht abschließend geklärt wurden, in jedem Fall die Rezeption von Gatores Roman. Und sie beeinflussen die Diskussionen um dieses Buch unverändert, sei es anlässlich der italienischen Ausgabe 2009, der US-Ausgabe 2012 oder auch der deutschen 2014. Ende 2008 veranlassten sie den Autor jedenfalls sogleich, die kurze Stellungnahme »L'énigme« (Das Rätsel) in der Zeitschrift »Revue XXI« zu veröffentlichen. In einem erneut erzählerischen Tonfall spricht Gatore darin von einem Autor, der sich auf allerlei Reaktionen auf sein Buch gefasst gemacht hatte – aber nicht auf eine solche; dieser Autor, dessen Eltern einst aus Burundi geflohen und auch innerhalb Ruandas mehrmals auf der Flucht gewesen seien, bis sie schließlich emigrierten, habe sein Buch als literarisch-philosophische Betrachtung verstanden wissen und distanziert über den Genozid sprechen wollen, zumal nichts in seiner Erinnerung als Kind darauf schließen lässt, dass seine Eltern Mittäter gewesen wären. Zudem sei die Behauptung auf jener Internetseite durch keinerlei Zeugenaussage bestätigt. Lacoste kontert dies polemisch in ihrer Studie »Séductions du bourreau. Négation des victimes« (Verführung durch den Henker. Negation der Opfer) von 2010 und hält fest, Tegera sei bereits Anfang 1990 an der tödlichen Verfolgung von Tutsi verantwortlich beteiligt und während des Genozids Mitglied des präsidentiellen Beraterstabs gewesen. Tatsächlich wird Tegera, der heute in Nizza lebt, die Beteiligung am Tod von 349 Tutsi vorgeworden. 2008 entzog ihm Frankreich den 2001 erteilten Status als politischer Flüchtling und widerrief das politische Asyl, wies im April 2014 einen Auslieferungsantrag Ruandas aber ab. Ist Isaro, die eigentliche Ich-Erzählerin der Geschichte, damit ein Alter Ego Gatores, des wahren Erzählers, auf der Suche nach den Beweggründen eines Massenmörders?

Während die Literaturwissenschaftlerin Hron in ihrem Aufsatz von 2009 Gatores Buch als einen Beweis für die Unmöglichkeit der fiktionalen Darstellbarkeit des Grauens eines Genozids wertet, bilanzieren Elizabeth Applegate und Nicki Hitchcott in ihren Essays zu »Das lärmende Schweigen« genau das Gegenteil: Gatores Buch leite das Sprechen über den Völkermord ein. Applegate führt dies 2012 in »Reimagining the Swallow and the Toad: Narrating Identity and Reconciliation in Postgenocide Rwanda« aus, Hitchcott 2013 in »Between Remembering and Forgetting: (In) Visible Rwanda in Gilbert Gatore's *Le Passé devant soi*«.

Jedenfalls spielt der französische Originaltitel von Gatores Romans »Das lärmende Schweigen«, »Le Passé devant soi«, auf ein anderes Buch an, das Romain Gary 1975 unter dem Pseudonym Émile Ajar mit dem Titel »La vie devant soi« (»Du hast das Leben noch vor dir«, deutsch 1978) veröffentlichte. Es ist die Geschichte eines Jungen, den sein Vater einer Jüdin, die Auschwitz überlebte, zur Erziehung anvertraute. Gary bekam dafür ein zweites Mal den Prix Goncourt; das löste einen Literaturskandal aus, da ein Autor den Prix Goncourt nur ein einziges Mal erhalten darf. Damals war noch nicht bekannt, dass Gary, der den Goncourt schon einmal bekommen hatte, auch unter dem Pseudonym Émile Ajar publizierte. Zumindest der Titel des Romans »La vie devant soi« ist aber auch darüber hinaus noch auf dem französischsprachigen Literaturmarkt sehr bekannt, weil sich Motive daraus in Éric-Emmanuel Schmitts erfolgreichem – und 2003 dann von François Dupeyron verfilmtem – Buch »Monsieur Ibrahim und die Blumen des Koran« finden, was nach dessen Erscheinen 1999 zu Plagiatsvorwürfen geführt hatte. Der von Gatore gewählte Titel »Le Passé devant soi« stellt sich daher in eine literaturgeschichtliche Tradition und spielt auf literarischer Ebene – und auch einem breiten Publikum erkennbar – auf die Thematik des Überlebens eines Jungen eingedenk des Holocaust an. Übrigens wurde das Buch »Du hast das Leben noch vor dir« ebenfalls verfilmt, wenngleich erst 2010 durch Myriam Boyer, die selbst das Drehbuch geschrieben hatte und die weibliche Hauptfigur spielt.

In Interviews sagte Gatore immer wieder, dass ihm sein Vater einst – neben den Theaterstücken Molières – »Das Tagebuch der Anne Frank« zu lesen gab, unter dessen Eindruck er zu Beginn des Bürgerkriegs in Ruanda 1990 selbst ein Tagebuch zu verfassen begann. Bei der Flucht der Eltern aus Ruandas Norden, aus Ruhengeri, hätten ihm zaïrische Zöllner das Gepäck abgenommen, das auch seine sechs Tagebuch-Bände enthielt. Auf der Grundlage dieser verlorenen, erinnerten Tagebücher habe er »Das lärmende

Schweigen« geschrieben, sagt Gatore. Ob das so zutrifft oder Legende ist, lässt sich nicht überprüfen, doch unverkennbar geht es Gatore auch hier um eine literarische Anspielung, die überdies einen Bezug zum Völkermord der Nationalsozialisten herstellt. Das zeigt, dass es im Roman »Das lärmende Schweigen« nicht nur um die Handlung geht, wie sie an der Textoberfläche zu erkennen ist, sondern eben auch um Querverweise, die in den Text eingewoben sind und unter dessen Oberfläche auf andere Werke und Ereignisse anspielen. Gerade das veranschaulicht, wie einzigartig Gatores Roman »Das lärmende Schweigen« aus dem Korpus des Ruanda-Kanons herausragt.
1997, Gilbert Gatore war 16 Jahre alt, kam die Familie nach Frankreich. Gatore, der damals noch kaum Französisch sprach, machte einige Jahre später mit Bravour sein Abitur und studierte zuerst Politische Wissenschaften am Institut d'études politiques in Lille, in jener Stadt also, in der 1998 das Projekt »Rwanda: écrire par devoir de mémoire« initiiert worden war. Für Erzählungen, die Gatore seinerzeit bei einem universitären Literaturwettbewerb einreichte, erhielt er den ersten Preis. Nach dem Diplom studierte Gatore in Paris an der elitären HEC, der École des hautes études commerciales, außerdem noch Wirtschaftswissenschaften, machte in Salamanca einen Spanischkurs und begann, in der Finanzabteilung der großen Marketing- und Werbeagentur Euro-RSCG – heute Havas Worldwide – zu arbeiten. Nach Studienabschluss zog sich Gatore, so heißt es, für ein Vierteljahr nach und nach in gut drei Dutzend Klöster Frankreichs zurück und schrieb derart seinen Roman »Das lärmende Schweigen«. Danach war er für eine Filmgesellschaft tätig, die Dokumentarfilme herstellt, und

2010 gründete er selbst ein Unternehmen. Das ging allerdings schief und brachte ihm eine Steuerschuld von 3845 Euro ein. Dieser Betrag scheint minimal und ist samt Verzugszinsen längst abbezahlt, doch als Gatore 2012 die französische Staatsbürgerschaft beantragte, um nicht weiter nur Aufenthaltsrecht wegen politischen Asyls zu haben, wurde ihm laut Behörden diese aus jenen steuerlichen Gründen verweigert und auch der Einspruch dagegen abgelehnt. Seither ist Gatore in Frankreich bloß geduldet und muss unter Umständen die Ausweisung befürchten.

Gatores Roman »Das lärmende Schweigen« erhielt 2008 sowohl den Prix universitaire de la Nouvelle als auch den Prix Ouest-France Étonnant Voyageurs. Eine Taschenbuchausgabe folgte rasch, in Frankreich war das Buch ein Bestseller. Im Mittelpunkt dieses Romans stehen zwei Hauptfiguren. Einerseits Isaro, die als kleines Mädchen aus Ruanda von einem französischen Ehepaar adoptiert wurde und sich später als Studentin angesichts der Nachrichten aus ihrer Heimat zu fragen beginnt, was das eigentlich für ein Land ist, aus dem sie kommt. Es überrascht nicht, dass Isaro ihrem Gedenk-Projekt den Titel »En mémoire de ...« gibt, der deutlich an das »écrire par devoir de mémoire« aus Lille 1998 erinnert. Andererseits Niko, ein traumatisierter junger Mann schlichten Gemüts, der sich unter dem Eindruck der Gemetzel in eine Urwaldhöhle Ruandas flüchtet, mit Affen zusammenlebt und überdies stumm ist. Während Isaro verstehen will, was geschah, sucht Niko das Vergessen. Beider Erinnerung ist fragmentiert, und dies gibt Gatores Stil vor. Die Erzählung springt auf der Zeitschiene der Handlung vor und zurück und zwischen den ineinander verzahnten Versionen von Isaro und Niko hin und her. Alpträume und Erinnerungsfetzen wuchern dazwischen, aber niemals fallen die Wörter Genozid, Ruanda, Hutu oder Tutsi.

»Das lärmende Schweigen« handelt selbstverständlich vom Völkermord in Ruanda, aber der Autor thematisiert nicht vorrangig dessen Grauen, sondern die mentalen Spuren, die psychischen Deformationen und Traumata, die dieser Genozid hinterließ. Die überlebenden Opfer leiden noch immer unter der vermeintlichen Schuld, überlebt zu haben, und die Täter haben noch immer nicht mit ihrer Schuld zu leben und um Vergebung und Strafe zu bitten gelernt. Alle leiden unter der Last ihrer gemeinsamen und doch so gegensätzlichen Geschichte, sind gebrandmarkt vom Verschweigen des Geschehenen, und vor ihnen liegt, dem Titel »Le Passé devant soi« folgend, allein die Bürde ihrer Vergangenheit, anstelle des Lebens, wie es in Garys Buch der Fall ist.

Gatore hat seinem Roman »Das lärmende Schweigen« ein Motto vorangestellt, das er dem Roman »Im Herzen des Landes« von J. M. Coetzee entnahm. Gatore könnte sich auch auf die wachsende menschliche Verwahrlosung in Coetzees Roman »Warten auf die Barbaren« beziehen oder auf die Einsamkeit, das Schweigen und die Isolation in dessen Roman »Mr. Cruso, Mrs. Barton und Mr. Foe«, denn wie ein Gestrandeter, ein Ausgestoßener, vegetiert Niko auf seiner geografischen wie mentalen Insel, verliert sich desgleichen Isaro in ihrer Innenwelt. Hitchcott weist in ihrem Essay von 2013 auf den Stellenwert von Gatores Anspielungen auf Coetzee hin, zumal das biblische Durchnummerieren der Absätze in »Das lärmende Schweigen« dem Vorgehen Coetzees in »Im Herzen des Landes« entspricht.

Gerade diese Sprachlosigkeit in »Das lärmende Schweigen« à la Coetzee als Zeichen der Traumata ist es, die überdies jüngere Literaturwissenschaftler wie Rebecca Saunders aus den USA oder Chinnaya Ifi aus Nigeria zu faszinieren beginnt und zeigt, dass die Leistung der literarisch-formalen Gestaltung dieses Romans von Gatore womöglich gerade erst begriffen und schätzen gelernt wird.
Bleibt aber noch das zweite Motto Gatores zu Beginn seines Romans: »Was aber ist zu tun, wenn es ohne jeden Zweifel zu spät ist?« Eine Antwort darauf gibt Gatore, der Autor, nur indirekt: Seine Hauptfiguren ersticken, bildlich gesprochen, im Schweigen. Sogar der Geschichtenerzähler im Dorf wird weggesperrt, damit er nicht erzählen kann. Weil aber das Schweigen geradezu unüberhörbar ist – was im übrigen den deutschsprachigen Titel erklärt –, scheint sprechen besser zu sein, obzwar die Sprache, die Gatore dafür fand, womöglich verstörend wirkt. In seinem Roman reflektiert das Erzähler-Ich daher über die Schwierigkeiten, Möglichkeiten, Grenzen und Bedingungen des Erzählens und wendet sich erläuternd an die Leserschaft. In jedem Fall zählt Gatore zu der ersten Generation an Autoren, die nach dem Morden in Ruanda nicht nur beschrieben haben, sondern vielmehr auch begreifen will, was damals alles geschah und wie es nachwirkt. Niemand kann dem Gewesenen, den Daten und Taten seiner Vergangenheit entkommen, spricht es als Fazit aus diesem Roman, sondern jeder muss sich seiner Verantwortung, Schuld und Strafe stellen – denn Schweigen führt nicht weiter und lässt die Vergangenheit keineswegs zurück. Und folglich meint der Originaltitel: Du hast die Vergangenheit noch vor dir. Aber – auch – das ist eigentlich nichts Neues nach einem Völkermord, son-

dern ein Phänomen, das sich schon mehrfach gezeigt hat, leider.
Manfred Loimeier

(Die Zitate von Boubacar Boris Diop, Antjie Krog, Goretti Kyomuhendo und Abdourahman A. Waberi sind Manfred Loimeiers Interview-Band »Wortwechsel«, Horlemann, 2002, entnommen)

HORLEMANN

In Koli Jean Bofane

SINUSBÖGEN ÜBERM KONGO

Übersetzt von Katja Meintel
Herausgegeben von Manfred Loimeier

ISBN: 978-3-89502-359-0
344 Seiten
gebunden mit Schutzumschlag und Lesebändchen
19,90 €

Auszug aus dem Roman:
»Was guckt ihr? Habt ihr noch nie Celio Matemona gesehen oder was?«, fragte er streng. »Wisst ihr nicht, dass mich das, was ihr hier seht, seit langem erwartet hat? Dass die Unterlagen, die ich immer mit mir herumgetragen habe, für diese Aktentasche bestimmt waren? Dass ich nicht für nichts und wieder nichts so lange mit Pythagoras und seinem gleichnamigen Satz zusammengehockt habe? Aber jetzt erstmal eine klare Ansage: eine Runde Fleischspieße, Chikwangues und zu trinken für alle!«

Christopher Mlalazi

WEGRENNEN MIT MUTTER

Übersetzt von Andreas Münzner
Herausgegeben von Manfred Loimeier

ISBN: 978-3-89502-360-6
208 Seiten
gebunden mit Schutzumschlag und Lesebändchen
16,90 €

Andere über den Roman:
»200 Seiten ganz starke Literatur – gewaltig und von ganz besonderer Zartheit. Kondensiert, verknappt und damit bestechend. Der Autor kreiert ohne blutrünstige Gräuelschilderungen ein Schreckensszenario, das aufrüttelt, zutiefst sensibilisiert und die Aufmerksamkeit auf Dinge lenkt, die man nur allzu gern ignorieren möchte. »Wegrennen mit Mutter« ist ein absolut bemerkenswerter Text, der unter die Haut geht und Tränen in die Augen treibt – ist er doch zugleich eine der berührendsten Mutter-Kind-Geschichten, die ich je gelesen habe.«

Petra Kassler, litprom (Buchtipp im Juni 2014)

HORLEMANN

Manfred Loimeier (Hg.)

WORTSCHÄTZE

Interviews mit afrikanischen Autorinnen und Autoren

ISBN: 978-3-89502-335-4
280 Seiten
Klappenbroschur
zahlreiche Autorenfotos
14,90 €

Dieser Band bieten im wahren und ursprünglichen Sinn Wortschätze: Einerseits ist er eine Fundgrube für jeden Litera turinteressierten, wenn nicht nur die bereits veröffentlichten Texte vorgestellt, sondern auch Pläne angesprochen werden Andererseits ermuntert Loimeier seine Gesprächspartner sic ihre eigenen Lese- und Schreibvorlieben bewusst zu machen um ihnen poetologische Verfahrensweisen zu entlocken.

Tanja Jeschke

EIN KIND FLIEGT DAVON

ISBN: 978-3-89502-319-4
222 Seiten
gebunden
19,80 €

Wenn man die Apartheid aus der Sicht eines fünfjährigen Mädchens beschreiben möchte, birgt diese Perspektive Gefahren, zumal dann, wenn man nicht die Sprache eines Kindes verwendet: Was sind die Grenzen eines solchen Verfahrens? Jeschke kann sich durch die Wahl dieses Erzählens trauen, mit ihrer Sprache Bilder zu stricken, die man einatmen kann und die das Ausatmen schwer machen.

HORLEMANN

Iris Lemanczyk, TiNO

STERN ÜBER AFRIKA

ISBN: 978-3-89502-353-8
112 Seiten
Klappenbroschur
9,90 €

Juli, Francois und Michael sind auf Safari. Von Joseph Omond und Nango geführt, entdecken sie die Schönheit der afrikani schen Tierwelt. Am nächtlichen Lagerfeuer erzählt jeder von ihnen eine Geschichte, die er selbst erlebt oder von einem Dri ten hat. Die Geschichten entführen die Zuhörer und Leser i unterschiedliche Gegenden Afrikas und berichten von völlig einander verschiedenen Lebensumständen und Begebenheite

Für Kinder ab 10